Adam Stower

Prince Koo
Le Truc de l'Espace

Traduit de l'anglais (Royaume-Uni)
par Anne Léonard

Albin Michel Jeunesse

Du même auteur chez Albin Michel Jeunesse

Prince Koo

Prince Koo – Le Trésor de la momie

Titre original :
KING COO – THE THING FROM SPACE
(Première publication : David Fickling Books, Oxford, 2020)

Pour ma mère et mon père, qui sont formidables,
tout mon amour.

VOICI
L'ÉQUIPE :

PRINCE KOO
Un génie ! (peut-être un peu cinglée)
Koo
La couronne de Koo (tout prince en a une)
La LANCE* de Koo
Pour pêcher. Ou pour piquer (en général les méchants). Et pour faire rôtir des chamallows. (* possède une lampe à lucioles intégrée)
Un SAC Rempli de plans, de gadgets et de secrets (ainsi que de biscuits pour wombats)
Une BARBE ! (Eh oui ! Est-elle vraie ? Qui sait ? Quelle drôle d'idée, non ?)

BEN COVERT
Corn-flakes
Agité du ciboulot
Sur ses gardes pour éviter les gros durs
CARTABLE (je ne sais pas ce qu'il y a dedans)
MINCE comme un haricot vert
Encore des corn-flakes
Ha ha !
Ben déguisé en arbre dans la pièce de l'école, en caleçon, peint en vert
Baskets pour... euh, prendre la fuite
Ben : très fort pour disparaître.
*
Es-tu capable de LE trouver :
Dans la maison ?
À l'école ?
Non ? Tu vois : il est très FORT pour disparaître !

HERBERT*
alias Herb
LE WOMBAT
(Wombatus goinfrus maximus)
gratt gratt
Aucun amour-propre (prêt à tout pour un guili guili)
Sent le biscuit
Les crottes de wombat sont de forme cubique (VÉRIDIQUE !)
Un peu bedonnant
perd des tonnes de poils
GRIFFES ACÉRÉES pour CREUSER
Herbert adore creuser... ça le rend très heureux...
* de TASMANIE

La longue et fine silhouette était collée contre la vitre et tentait désespérément de voir quelque chose dans la nuit noire hivernale.

Ça revenait encore ! Très haut dans le ciel ! Une lumière verte, d'abord très brillante, puis qui descendait lentement, à la verticale, de plus en plus bas jusqu'à disparaître.

La silhouette bondit jusqu'au bureau, s'empara du téléphone et composa un numéro à toute allure.

Eh bien, j'en ai vu un… juste à l'instant… il a atterri dans la ville… Je ne sais pas… quelque part près de… OUI ! un OVNI ! …

Les EXTRA-TERRESTRES ARRIVENT !

PFFF !

Chapitre Un

Ben appuya sur le bouton.

Avec un léger *pfff*, une fusée éclairante s'éleva dans les airs juste au-dessus de leurs têtes et illumina de rose vif le ciel d'hiver.

– Pas mal, hein ? dit Koo. Et maintenant, essaie ce levier.

Ben le tira. Il sentit le pont trembler, les poulies vrombir et les interrupteurs cliqueter.

–BOMBES LARGUÉES ! hurla Koo à travers les rugissements du vent.

Tous deux se penchèrent par-dessus bord pour observer plusieurs paquets tomber dans la neige tourbillonnante, se déchirer et arroser le sol de centaines de glands, de graines et de marrons.

–Génial ! s'écria Ben. Il peut faire quoi d'autre ?

–Oh, beaucoup de choses, répondit Koo en souriant, sa longue barbe claquant dans la bise.

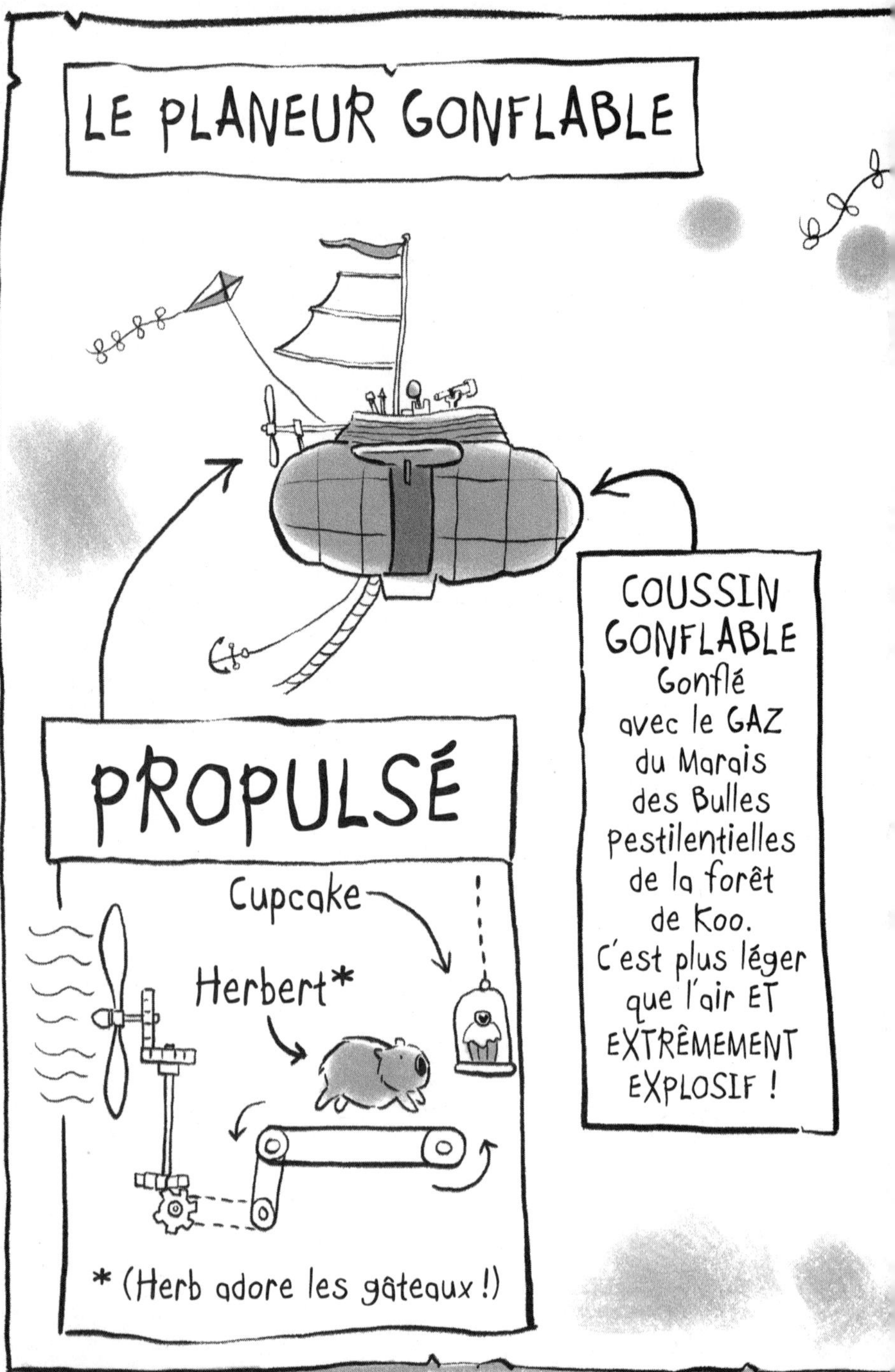
LE PLANEUR GONFLABLE
COUSSIN GONFLABLE
Gonflé avec le GAZ du Marais des Bulles pestilentielles de la forêt de Koo. C'est plus léger que l'air ET EXTRÊMEMENT EXPLOSIF !
PROPULSÉ
Cupcake
Herbert*
* (Herb adore les gâteaux !)

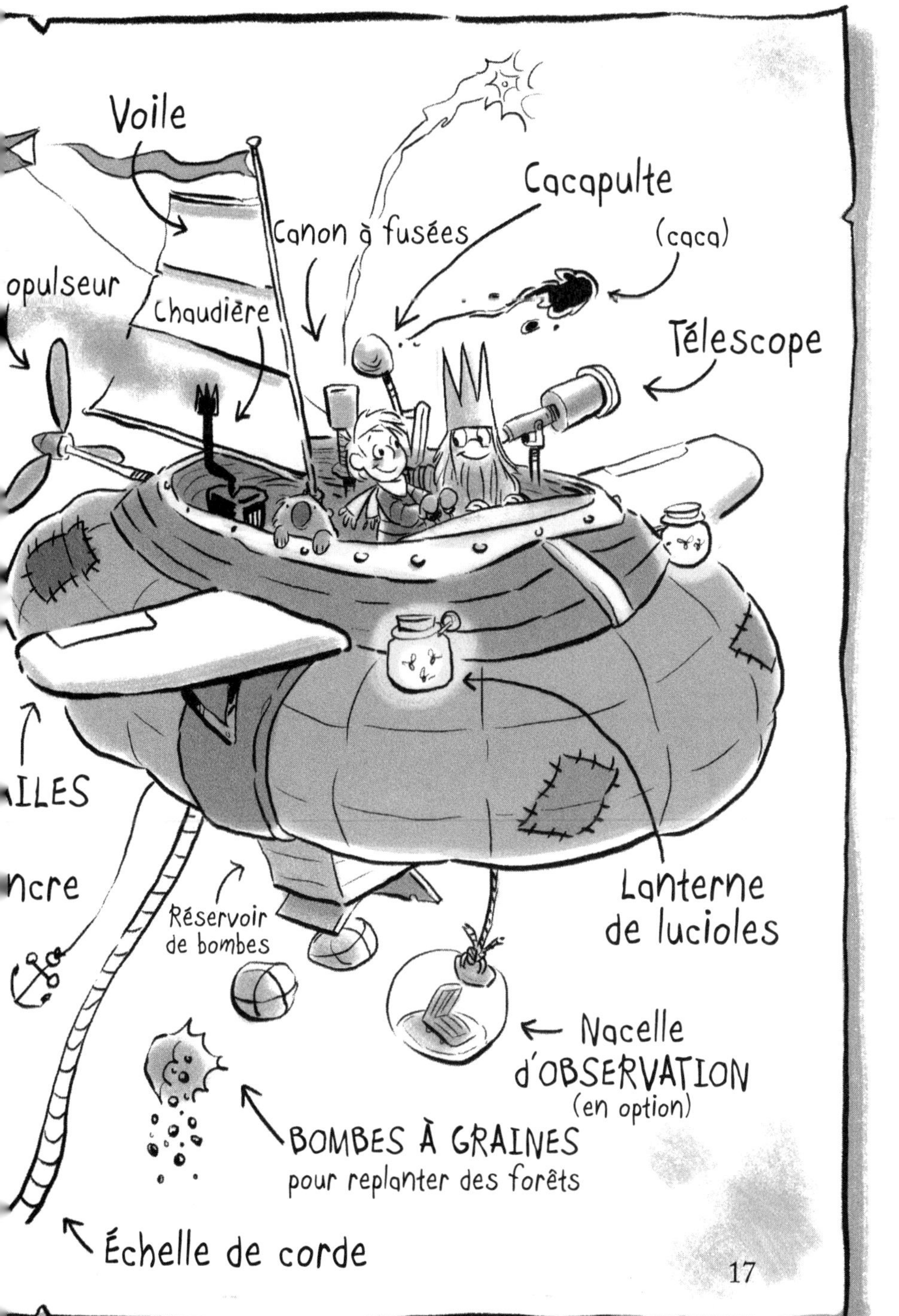
Voile
Cacapulte
Canon à fusées
(caca)
opulseur
Chaudière
Télescope
ILES
ncre
Réservoir
de bombes
Lanterne
de lucioles
Nacelle
d'OBSERVATION
(en option)
BOMBES À GRAINES
pour replanter des forêts
Échelle de corde

Ben prit le gouvernail et dirigea le planeur dans le vent. Il jeta un coup d'œil sur la multitude de boutons et de leviers qui encombraient le tableau de bord et laissa échapper un petit cri d'excitation. C'était TELLEMENT génial ! C'était sans aucun doute la meilleure Koo-struction de Koo !

Ben la regarda et sourit. Il n'était pas donné à tout le monde d'avoir une amie comme elle. C'est vrai qu'elle ne risquait pas de passer inaperçue avec sa couronne, sa lance, son wombat de compagnie et sa longue barbe flottante. Bien sûr, elle avait aussi la fâcheuse habitude de tester ses géniales inventions sur lui au moment où il s'y attendait le moins, mais Ben n'aurait manqué ça pour rien au monde. Il sourit encore. Qui d'autre pouvait l'emmener à l'école dans un planeur fait maison ?

Ben bascula le gouvernail vers l'avant et poussa un cri de joie quand l'engin descendit en piqué entre les nuages.

Il venait d'en frôler un particulièrement gros et gris, quand une immonde puanteur envahit ses narines.

Ben grimaça. L'odeur était si terrible et si puissante qu'elle lui fit monter les larmes aux yeux.

Il se tourna vers Koo et la surprit qui fronçait le nez en lançant un regard dans sa direction.

– C'est pas moi ! protesta Ben en se pinçant les narines. L'odeur s'amplifiait.

Tous les deux firent aussitôt volte-face vers Herbert.

– Non, attends ! lança Koo en fronçant les sourcils. Ce n'est pas Herb, nous perdons de l'altitude.

Elle scruta les nuages et loucha sur le réservoir.

– C'est bien ce que je pensais, nous avons une fuite.

– Hein ? Quoi ?

– La puanteur vient de là. Ce sont les bulles pestilentielles de gaz du marais. C'est un tantinet explosif.

– Pas de PANIQUE ? Mais c'est le moment idéal pour paniquer !

Ben fixa le sol qui se rapprochait dangereusement.

– Soit nous allons nous écraser et exploser, soit nous allons exploser et ENSUITE nous écraser !

–Tu exagères un peu, Ben, affirma Koo en l'entortillant dans des cordes. On va probablement s'en sortir.

–Probablement ? PROBABLEMENT ?

Koo lui tendit son sac.

–Eh ! Qu… qu'est-ce que tu fais ? demanda-t-il en tirant sur son harnais. Qu'est-ce que c'est que ça ?

–On doit perdre du poids pour regagner de l'altitude, expliqua Koo, avec un calme exaspérant. Et en plus, c'est le moment idéal.

–Pour quoi faire ? interrogea Ben en reculant.

–Pour tester la sortie de secours.

Koo lui fit un clin d'œil et le poussa par-dessus bord.

– APPUIE SUR LE BOUTON ROUGE QUAND TU APPROCHERAS DU SOL, cria-t-elle à Ben qui dégringolait dans l'air glacé.

Il eut juste le temps de hurler en agitant frénétiquement les bras. Déjà le sol venait à sa rencontre.

Il farfouilla à la recherche du bouton rouge sans le trouver, alors il ferma les yeux et s'apprêtait à finir sa courte vie réduit en bouillie.

Mais, à quelques centimètres du sol, il stoppa net, avant d'être de nouveau propulsé dans les airs.

Le harnais dont Koo l'avait affublé s'avérait être relié à une longue corde élastique. Avant que Ben comprenne ce qui lui arrivait, il émergea d'un nuage et se retrouva nez à nez avec Koo aux commandes du planeur, Herb à ses côtés, la langue claquant dans le vent.

– Arrête de faire l'imbécile, Covert ! lui cria-t-elle. Appuie sur le BOUTON ROUGE !

– Qu… fut tout ce que Ben eut le temps de dire avant de replonger dans le nuage.

Il continua sa chute en direction d'une ligne de lumières orange clignotantes. Lorsque la corde fut tendue au maximum, il chercha le bouton de la délivrance, mais…

Ben atterrit au beau milieu de la chaussée. Les phares clignotèrent, les moteurs rugirent et les freins grincèrent sous les embardées des voitures qui l'évitèrent de justesse. Puis il remonta vers les nuages, le cœur battant à cent à l'heure.

– C'est la chose ronde et ROUGE ! cria Koo quand Ben, traversant la couche de nuages, entra momentanément dans son champ de vision. Sur ton harnais ! Tape dessus !

Ben réussit à lever un pouce tremblant vers Koo, puis, après un saut périlleux arrière plutôt élégant, replongea vers le sol.

Chaque fois qu'il touchait terre, il martelait le bouton rouge, mais rien ne se passait. Le mécanisme était complètement gelé !

Et chaque bond entraînait le planeur un peu plus vers le bas, si bien qu'il finit par frôler les conduits de cheminée des maisons. Koo agrippa le gouvernail et redressa d'une main experte son engin, au moment où il descendait et plongeait entre les toits. Pendant tout ce temps, Ben pendouillait au bout de l'élastique.

Il faisait des bonds de géant, sautait à travers les cours et par-dessus les immeubles, jusqu'à ce que, tout à coup, il aperçoive son école juste devant lui.

–On approche à toute allure, Ben ! Tu n'as plus droit à l'erreur maintenant ! lui hurla Koo d'en haut.

Elle aligna le planeur à la perfection et, d'un dernier bond, Ben survola les grilles de l'école, manquant de peu leurs flèches d'acier. Il frotta frénétiquement le bouton pour essayer de le réchauffer et, au moment où ses pieds touchaient le sol, il appuya dessus aussi fort qu'il put.

Le harnais s'ouvrit avec un grand *PING!* et remonta aussitôt en direction du planeur, laissant Ben sain et sauf au milieu de la cour de récréation enneigée.

Il admira le planeur gonflable qui remontait gracieusement dans le ciel.

– Ça marche ! hurla Koo, tout sourire. L'ÉLASTIQUE BOING-TASTIQUE fonctionne comme dans un rêve !

– Plutôt comme dans un cauchemar ! murmura Ben avec un petit rire, luttant pour reprendre son souffle. On se voit plus tard chez moi ?

– On viendra.

Koo agita la main, et le dirigeable disparut dans les nuages blancs. Ben tourna les talons et trottina dans la neige vers les élèves déjà rassemblés.

Il était en retard.

Chapitre Deux

Ben parvint à se glisser au fond de l'assemblée sans se faire remarquer.

Il s'installa tranquillement pendant que le proviseur, M. Bonnepâte, faisait sa mise au point quotidienne. Il en profita pour reprendre son souffle, après son trajet plutôt mouvementé pour l'école.

Il était en train de se dire que, pour survivre aux prochaines expériences de Koo, il devrait peut-être investir une partie de son argent de poche dans l'achat d'un casque bien solide, voire dans une armure, quand...

SPLASH !

Dorothée Mirot, qui se trouvait trois rangs devant Ben, poussa un cri et se retourna.

Elle lança un regard inquisiteur à travers ses énormes lunettes et s'essuya le front avec sa manche.

– Ce n'est PAS drôle ! grogna-t-elle en jetant un regard noir aux élèves assis derrière elle, qui haussaient tous les épaules d'un air innocent.

Le proviseur s'arrêta un instant, jeta un coup d'œil par-dessus ses lunettes, puis reprit…

SPLASH !

–OUILLE !

Cette fois, c'était Jamal Haudent, un grand garçon assis à trois places de Ben, qui râlait en s'essuyant la tête et secouait ses doigts pour en faire tomber une substance visqueuse. Les élèves commençaient à s'agiter et regardaient à droite à gauche.

–Que se passe-t-il, au fond ?

M. Bonnepâte s'était interrompu et s'était hissé sur la pointe des pieds, le cou tendu, pour apercevoir d'où venait le désordre.

Ben scruta l'assistance, mais ne remarqua rien. *Ce qui signifie que ça vient…* Il leva les yeux au plafond et…

Il fut frappé en pleine figure par une grosse goutte gélatineuse !

–BEURK ! gargouilla Ben, tandis que la substance dégoulinait sur son visage et gouttait au bout de son nez.

Il s'essuya les yeux et regarda de nouveau en l'air. Le plafond était couvert de gouttes d'une substance visqueuse et tremblotante !

Ben fronça les sourcils et leva ses doigts poisseux, mais comme il s'apprêtait à y regarder de plus près…

–Mais…

–Il n'y a pas de « mais », Covert. Je vous ai à l'œil! répliqua le proviseur en lui faisant les gros yeux. Les enfants, vous devriez montrer un peu plus de sérieux!

Le silence revint parmi les élèves, rompu seulement par Dorothée Mirot qui chuchota:

–Eh bien, il ne manque pas d'air de nous demander à NOUS d'être plus sérieux! J'veux dire, t'as vu ses CHAUSSETTES?

Ben se pencha pour voir de quoi Dorothée voulait parler. Elle ne disait pas de bêtises. Les chaussettes du proviseur étaient vert pomme, ornées de cœurs rose fluo.

Elles étaient effectivement originales, et sûrement pas le genre de chaussettes que l'on s'attendait à trouver aux pieds de M. Bonnepâte. Mais ce ne fut pas ce qui retint l'attention de Ben. C'était autre chose. Un truc vraiment bizarre.

Et la réunion n'était qu'un début. La journée de Ben allait devenir de plus en plus étrange.

B. Covert

Mon ÉTRANGE journée

9 h 00 : → Attaque de GOUTTES VISQUEUSES !

J'ai reçu une substance gluante dans la figure !
J'en ai recueilli un échantillon
pour le faire analyser.

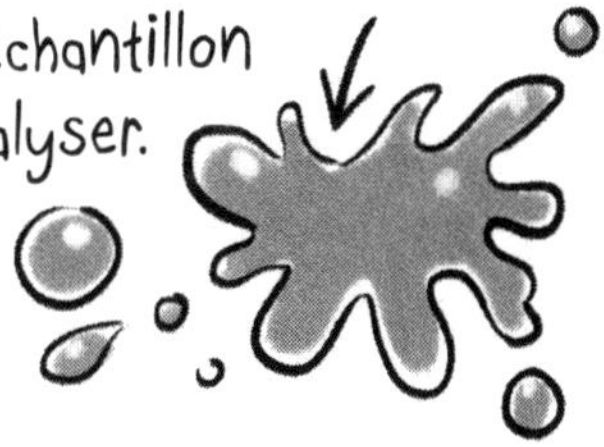

9 h 03 : → Le MYSTÈRE des chaussures DISPARUES !! Qu'est-il arrivé aux chaussures de M. Bonnepâte ??
Je dois enquêter !

10 h 10 : J'ai analysé la substance visqueuse.

Ce n'est PAS une matière extraterrestre.

C'est de la GÉLATINE à la rhubarbe !

Mais que faisait-elle au plafond ?
TRÈS étrange...

11 h 17 : → Les INCROYABLES

BOULES DE NEIGE qui ne fondent pas !

Ivan Deleau est devenu riche en vendant des boules de neige MAGIQUES qui ne fondent pas pendant la bataille de boules de neige de la récré. Quel est son secret ?

12 h 15 : → Ce sont des POMMES DE TERRE

BOUILLIES peintes en BLANC ! Je le sais parce qu'il y en a une qui est passée à travers la vitre pendant le cours de maths et qui a atterri sur mon bureau !

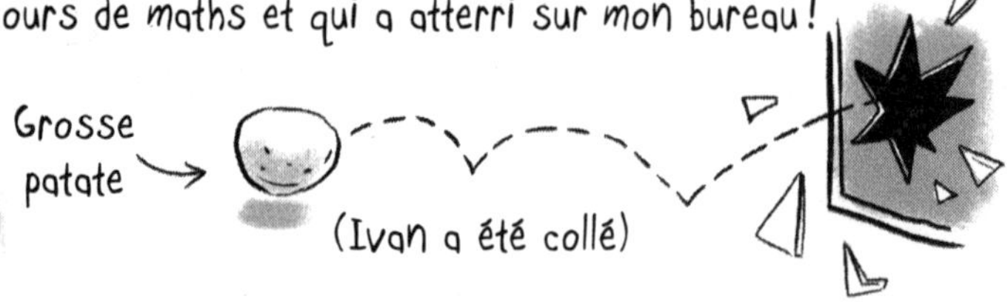

11 h 17 : → Le cas de la CRÉATURE DE LA SOUPE !

Heure du déjeuner. Suzy Lavoix s'est mise à hurler qu'il y avait une CRÉATURE dans sa soupe.

Elle l'a attaquée avec sa fourchette et l'a jetée à la poubelle.

Ensuite, elle a vomi sur Peggy Simms !

De toutes les choses étranges arrivées ce jour-là, Ben décida que le Mystère des Chaussures Disparues était la plus bizarre. D'autant plus que cela avait pris de l'ampleur. Tout au long de la journée, Ben avait remarqué de plus en plus de garçons, de filles et de professeurs qui déambulaient en chaussettes dans l'école.

Cependant, cela expliquait le SURPRENANT CAS du FROMAGE INVISIBLE. Ce n'était pas du fromage. C'était Tabitha Roquefort. Ses chaussures avaient elles aussi disparu, et elle portait ce genre de chaussettes qui dégagent une telle puanteur de vieux fromage qu'on est obligé de les éloigner à une distance raisonnable pour les faire exploser en toute sécurité !

Le dernier cours de la journée était terminé, et Ben commençait à fermer son manteau pour rentrer chez lui dans le froid glacial. Il était perdu dans ses pensées. Si seulement il pouvait résoudre *Le Mystère des Chaussures Disparues*, alors…

Un garçon court sur pattes et le nez plein de morve arriva en dérapant sur ses chaussettes et faillit renverser Ben.

– Ça schlingue ! cria-t-il.

Il dépassa Ben et fonça dans le couloir.

– Sauve-toi !

Avant que Ben ait pu changer de direction, il rentra de plein fouet dans un mètre quatre-vingts de nylon blanc amidonné.

– INFIRMIÈRE SCHLINGUE ! lâcha-t-il. Euh… je veux dire Chingue. Infirmière Chingue… (Sa voix trembla quand ses yeux rencontrèrent le regard glacial de l'infirmière de l'école.) Euh… bonjour ?

Il n'y avait pas de bon moment pour rentrer dans l'infirmière Chingue. Elle était vieille, complètement zinzin, et la seule chose qu'elle aimait moins que les enfants, c'étaient les microbes. Ça la rendait folle ! Elle avait la détestable habitude de patrouiller dans les couloirs à la recherche de signes de contamination. Si elle trouvait un gamin malchanceux avec le nez qui coulait ou en train de renifler, soit elle lui vaporisait un spray antibactérien en pleine figure, soit elle le saupoudrait de la tête aux pieds de poudres toxiques. Enfants et professeurs couraient se cacher quand ils entendaient son cri de guerre résonner dans les couloirs.

HALTE aux MORVEUX, SUS aux FIÉVREUX !

Donc, rentrer dans Chingue en été, c'était déjà dangereux, alors imaginez en HIVER ! La saison de LA GRIPPE ! Catastrophe !

Mme GLORIA CHINGUE
alias Schlingue
Infirmière de l'école*
Lunettes de protection
DENTS BLANCHES ÉCLATANTES (fausses)
VIEILLE (entre 40 et 112 ans)
Une seringue remplie de SÉRUM-TUE-RHUME©
Des gants violets en caoutchouc QUI COUINENT avec un enduit anti-morve
NURSE
La devise de Chingue :
Halte aux MORVEUX ! Sus aux FIÉVREUX !
VAPO-POUX ultra-fort. Poudre ANTI-LENTES.
« Il se pourrait que ça pique un peu ! »
CELLULE D'ISOLEMENT pour ENFANTS ENRHUMÉS
tube d'air
Blouse de laboratoire, facile à nettoyer, sans repassage, infroissable (senteur pin)
Genoux qui craquent
Chaussures vernies
*Cinglée

Chingue lança un regard mauvais à Ben. Elle avait l'air particulièrement furieuse. Il ferma les yeux et se prépara à l'inévitable vaporisation.

Mais il ne se passa rien. Ben rouvrit les yeux avec précaution.

– Chaussures ! aboya Chingue en tendant sa main gantée.

–Hein ? dit Ben, complètement déboussolé. Euh… quoi ?

–Vos chaussures, Covert, répéta Chingue, en se penchant vers lui suffisamment pour qu'il perçoive l'odeur du désinfectant qu'elle se mettait derrière l'oreille en guise de parfum, senteur pin.

–Pour la décontamination, continua-t-elle en claquant des doigts avec impatience. La morve et les miasmes, Covert, la morve et les miasmes !

Ben enleva ses chaussures et les lui tendit. Chingue s'en empara, tourna les talons et partit à grandes enjambées à la recherche de sa prochaine victime, le craquement de ses genoux se répercutant tout le long du couloir.

Ben poussa un long soupir et se laissa glisser contre le mur. *Bon*, pensa-t-il, *au moins, je sais où sont passées toutes les chaussures.*

Mais d'autres questions restaient sans réponse. Comme : que manigançait Chingue ?

Et, plus important… Il regarda ses pieds et agita ses orteils.

Chapitre Trois

La cuisine des Covert était chaude et accueillante, et quelque chose de délicieux mijotait dans une casserole sur la gazinière.

La porte s'ouvrit en grand, et Ben fit son apparition dans un tourbillon de flocons de neige.

–Bonjour, mon chéri, répondit Mme Covert. Au nom du ciel, comment es-tu chaussé ?

Ben souffla sur ses doigts gelés et s'assit à la table.

–Eh bien, ça, c'est une vieille boîte de corn-flakes, expliqua-t-il en montrant un de ses pieds, et ça, c'est une demi-noix de coco, ajouta-t-il en remuant l'autre.

–Laisse-moi deviner, dit M. Covert, occupé à remplir la bouilloire, Chingue a encore perdu la boule ?

–Qui a perdu la boule ? demanda une voix familière au-dessus d'eux.

Ben et ses parents levèrent la tête. Le planeur amarré à la cheminée, Koo et Herbert s'étaient perchés sur le rebord de la fenêtre de toit de la cuisine.

– Ah Koo ! Tu as réussi ! Merveilleux !

– C'est encore Chingue ! dit Ben.

Il salua Koo d'un signe de tête et gratifia Herbert d'une caresse derrière l'oreille en signe de bienvenue.

– Aujourd'hui, reprit-il, elle a confisqué mes chaussures pour les *décontaminer* ! Elle est devenue complètement folle !

– Ravagée du ciboulot, approuva Koo.

Elle fit tomber la neige de sa couronne et essuya sa lance contre le mur, puis elle se tourna vers M. Covert avec un grand sourire.

– Ben m'a dit que vous vouliez me voir ?

– En effet Koo, j'ai une surprise pour toi ! répondit M. Covert en se frottant les mains. Suivez-moi vite pendant que le thé infuse. C'est dans ma remise.

Koo leva un sourcil interrogateur à l'adresse de Ben.

–Ne me pose pas de questions, fit-il en haussant les épaules. Il bricole dessus depuis des semaines.

Ils suivirent M. Covert dans le jardin.

–Saviez-vous que Chingue était déjà l'infirmière de l'école quand j'étais élève ? gloussa M. Covert. On l'appelait *Chingue la Dingue*. Une fois, mon copain Sid a manqué l'école trois jours. Il s'est avéré que c'était Chingue qui l'avait enfermé dans la cellule d'isolement de son bureau ! Pauvre Sid, il avait simplement le hoquet ! Apparemment, elle est toujours folle comme un lapin. A-ha ! Nous y voilà !

Il saisit la poignée de la porte de la remise.

–Prêts ?

TA-DAM !
Mince alors !
Waouh !

huile

La remise était pleine à craquer de machines bizarres et merveilleuses qui cliquetaient, crissaient, sifflaient et grinçaient autour d'eux.

–Vous avez BIEN travaillé, monsieur Covert.

–Ah, je SAVAIS que tu allais les adorer, Koo ! En fait, c'est toi qui m'as donné l'idée, dit M. Covert en lui tapant dans le dos.

–Qu… qu'est-ce que c'est que ça ? interrogea Ben.

–Mes inventions ! répondit M. Covert. Mes machines ! Ne soyez pas timides, jetez-y un œil !

Ben et Koo passaient d'une machine à l'autre, tiraient sur des leviers, tournaient des manettes et appuyaient sur des boutons.

LES GÉNIALES INVENTIONS DE M. COVERT
① La CONFI-TURBINE.
Elle fait de la CONFITURE à partir de N'IMPORTE QUEL ingrédient !
Par exemple, des BOTTES EN CAOUTCHOUC
vieilles bottes
BROYEUR MULTI-LAMES, réduit les bottes en bouillie
ajouter du sucre pour plus de douceur
CUISSON LENTE
GAZ
CONFITURE
« DÉLICES DE CAOUTCHOUC »
② Le POLISSEUR DE POULET
Cirage
ENTRÉE
SORTIE
Papa, est-ce que les gens ont vraiment BESOIN de poulets cirés ?
Ben
③ Le COSTUME AVEC DOUCHE INTÉGRÉE
« La Douche Mobile ! »
EAU
SAVON
SAUTEZ pour mélanger l'eau et lavez-vous !
... ET BEAUCOUP D'AUTRES !

Ils zigzaguaient et sautaient pour éviter les étincelles, les jets de vapeur et d'huile bouillante que les machines lâchaient dans toutes les directions. M. Covert ne cachait pas son enthousiasme et expliquait à quoi servait chaque machine, un grand sourire aux lèvres.

– Eh bien, monsieur Covert, je les trouve géniales. Elles sont légèrement mortelles et incroyablement imprévisibles, mais ce n'est pas ça qui va m'arrêter, pas vrai, Ben ? dit Koo en lui donnant un coup dans les côtes.

M. Covert sourit fièrement.

– Merci, Koo. Tu peux t'en servir quand tu veux. Par exemple, si tu as envie d'un pot de confiture saveur « Gadoue-Gland », ou si tu as besoin de faire briller un poulet.

Il jeta un coup d'œil à sa montre.

– Oh, le thé doit être prêt, maintenant ! Rentrons, vous voulez bien ? Oh, Koo ? ajouta-t-il comme ils s'apprêtaient à sortir, il y a un paquet de Crumblies double choco dans le garage, si ça ne t'embête pas… ?

– Bien sûr, je vais le chercher. Je reviens tout de suite.

Dès qu'elle fut partie, M. Covert se mit à glousser et à sauter d'un pied sur l'autre, comme quelqu'un qui aurait des sauterelles dans son pantalon.

Ben fronça les sourcils.

– Qu'est-ce qui t'arrive ? Tu n'aurais pas goûté ton « Délices de caoutchouc », par hasard ?

–Oh, c'est juste une petite surprise pour Koo. (Il fit un clin d'œil à Ben et se tapota le nez.) Le CRÈME-BRIOLEURS !

–Le quoi ?

–Le CRÈME-BRIOLEURS ! chuchota-t-il. Ma machine à piéger les cambrioleurs ! Je l'ai installée dans le garage. Qui de mieux que Koo, le Prince des machines, pour la tester ? Elle va adorer !

Il s'avança jusqu'à la porte du garage et l'entrouvrit.

–Dans quelques instants, tu vas entendre un *PING*, un *POP*, un *SPLASH* et un hurlement. Tu vas voir !

Ben retint Herb et attendit. Et attendit.

Et attendit encore. Rien.

–Je ne comprends pas, dit le père de Ben en ouvrant la porte.

LE CRÈME-BRIOLEURS

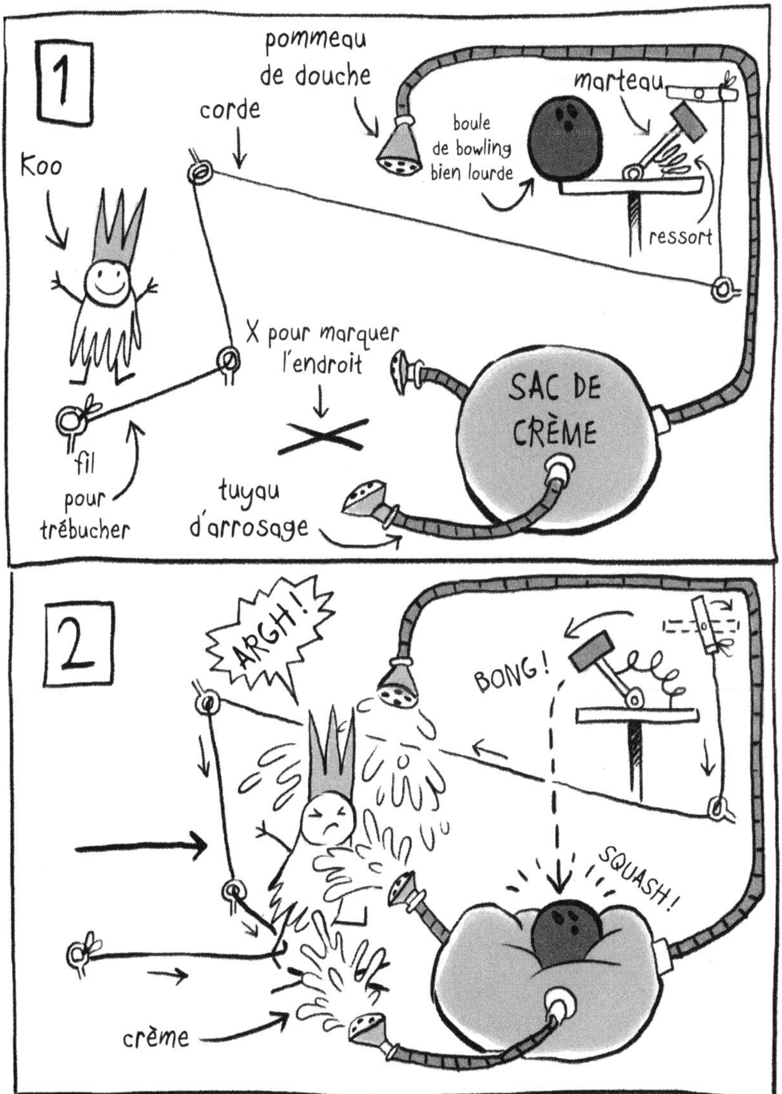

Ben se disait que Koo était sûrement la personne la moins facile à piéger au monde quand…

–Papa ? appela Ben en courant vers le garage. Koo ?

–Ça marche ! déclara M. Covert en souriant.

Il était assis par terre, couvert de la tête aux pieds d'une épaisse crème jaune et gluante. Herb lui sauta sur la poitrine et lui lécha le visage en remuant la queue de plaisir.

–La crème à prise rapide, c'est vraiment une idée brillante, dit Koo qui grignotait un biscuit au chocolat, nonchalamment appuyée contre le mur du garage. Et j'ai failli me faire avoir par le deuxième fil tendu. Encore un peu de travail et ça sera fantastique !

Elle sortit son appareil photo.

–J'en prends une pour mon album, en souvenir.

–Oh, mon chéri ! regarde dans quel état tu es, espèce de grand dadais, gloussa Mme Covert depuis la porte du garage. Je me demandais ce qui faisait tout ce raffut… J'aurais dû m'en douter ! Ben, Koo, nettoyez-le avec le jet, s'il vous plaît. Ensuite vous pourrez tous venir prendre le thé. Et toi, Ben, tu me récupères tes chaussures demain, d'accord ? ajouta-t-elle en fixant ses pieds.

–Bien sûr, maman, répondit Ben avec un grand sourire.

–Ne t'inquiète pas, fiston, intervint M. Covert en essuyant sa barbe pleine de crème, entre-temps, je pourrai te prêter une de mes paires. Tu vas les adorer, elles sont très classes.

Koo regarda Ben et lui fit un clin d'œil.

Chapitre Quatre

Le chemin pour aller à l'école fut catastrophique. Les CHAUSSURES DE SOIRÉE de son père étaient au moins mille fois trop grandes, et Ben ne pouvait pas aligner trois pas sans se casser la figure dans la neige.

Ben fit une pause devant la grille de l'école et essuya ses genoux trempés. Ça ne l'avait pas aidé de caler ses sandwiches sur les côtés. Les chaussures étaient toujours aussi dangereuses, et maintenant, son repas était réduit en une pâte poisseuse. Ben soupira. Il DEVAIT récupérer ses chaussures.

Il avança prudemment jusqu'à la grande porte de l'école, inspira un bon coup et entra.

– ATTENTION ! J'AI PAS DE FREINS ! hurla Mlle Chance, la bibliothécaire, en le dépassant à toute allure perchée sur des rollers.

Ben examina le hall. Il n'en croyait pas ses yeux ! Pas une seule personne n'avait échappé à la décontamination de Chingue. Il n'y avait plus une chaussure en vue.

HALTE
AUX
MORVEUX,
SUS
AUX
FIÉVREUX !

LAVEZ-VOUS LES MAINS
Avertissement ! Attention ! Les MICROBES sont PARTOUT !
ANNONCES
Infirmerie

Il rejoignit l'assemblée des élèves en clopinant et s'assit à côté de Mandy Figgis, qui grinçait doucement, plantée dans une gigantesque paire de cuissardes vertes. Il décida de s'introduire dans le bureau de Chingue à la première occasion. C'était très simple.

Mais se faufiler derrière Chingue s'avéra plus difficile que prévu. Chaque fois qu'il essayait de s'éclipser, il retombait toujours sur cette vieille foldingue ! Soit elle vaporisait un désinfectant surpuissant dans tous les coins, soit elle accrochait des posters terrifiants sur les microbes, soit elle aspergeait chaque enfant d'anti-poux. Impossible de mettre son plan à exécution tant qu'elle serait là. Ses yeux noirs de fouine restaient sur le qui-vive, et il était sûr de se faire prendre.

Ben avait besoin d'un nouveau plan. Un plan B. Et pas de temps à perdre, c'était déjà son dernier cours !

Il s'assit, se creusant les méninges pour trouver une solution. C'est alors qu'il remarqua une feuille posée sur son bureau.

Après la classe, Ben prit son sac et se précipita vers le bureau du proviseur qui se trouvait au fond d'un long couloir sombre. Il en avait déjà parcouru la moitié, quand – *CLIC* – tout devint noir.

Ben perdit l'équilibre et glissa. OUPS ! Ses pieds se dérobèrent sous lui. AAARGH ! Il s'écroula. OUILLE ! Son sac s'ouvrit et son contenu se répandit sur le sol.

– Bon sang !

Ben gisait, haletant, dans le noir, essayant de reprendre son souffle, quand – *CLIC* – la lumière revint.

– Covert ? Qu'est-ce que vous fabriquez ici, mon garçon ?

M. Bonnepâte était penché au-dessus de Ben.

–Vous… vous… vous m'avez convoqué, monsieur Bonnepâte, répondit Ben, à bout de souffle.

Le proviseur fronça les sourcils, visiblement mécontent.

–Mais… objecta Ben.

–Il n'y a pas de mais, Covert ! l'interrompit le proviseur avec impatience. Je vous ai déjà dit d'arrêter de faire le pitre ! Maintenant, relevez-vous, il est grand temps de rentrer chez vous ! Et rangez-moi ce bazar ! ajouta-t-il.

Puis il fit demi-tour et rentra dans son bureau en trottinant sur une paire de bottines rouges à talons hauts de Mme Bonnepâte.

Quand la cloche sonna, Ben terminait de rassembler ses affaires. La journée était terminée. C'était l'heure du *Plan B*.

Il y eut un brouhaha de conversations et de bruits de pas, quand tout le monde sortit de l'école pour partir dans la neige. Puis le bruit s'évanouit au loin, et désormais, seul se faisait entendre le léger murmure du vent au-dehors.

Ben émergea du placard des objets trouvés, au bout du hall principal. Il ôta une vieille chaussette de foot de son visage et regarda à droite, puis à gauche. Personne. Même Chingue avait disparu ! Il enleva ses immenses chaussures et les suspendit autour de son cou par les lacets. Puis il monta l'escalier sur la pointe des pieds, en direction du bureau de Chingue.

Ben s'apprêtait à tourner la poignée de la porte, quand un bruit l'arrêta net. Quelqu'un approchait. Il fit un bond en arrière et examina désespérément le couloir. Il était long et vide.

Il n'y avait nulle part où se cacher !

Chapitre Cinq

Chingue jaillit de son bureau.

–Qu'est-ce que c'est ? Il y a quelqu'un ?

Ben n'osait pas bouger le petit doigt. Il retenait sa respiration et tendait l'oreille.

Hum, un courant d'air !

– Pas le temps pour ces bêtises, je dois m'en aller ! maugréa Chingue d'une voix de crécelle excitée qui glaça le sang de Ben. Alors comme ça, je me fais des idées ? C'est moi qui suis maboule ? Ah ! Je vais *leur* montrer ! Ils m'écouteront *maintenant* !

Elle ferma sa porte et se hâta dans le couloir, s'arrêtant juste le temps de refermer la fenêtre. SLAM !

C'était officiel, Ben était dans le pétrin.

Il regarda autour de lui à la recherche d'un moyen pour retourner à l'intérieur. Sur la façade, il apercevait la fenêtre du bureau de Chingue. Celle-ci était grande ouverte, mais hors d'atteinte.

Il aurait pu crier à l'aide, mais ça n'aurait servi à rien. Le lieu était désert. Il ne pouvait pourtant pas attendre jusqu'au lendemain matin. Il serait transformé en esquimau « parfum Ben » avant minuit !

Il frissonna. *Si seulement Koo était là*, songea-t-il, *elle saurait quoi faire.*

–Minute ! Bien sûr ! dit-il en claquant des doigts.

Il se cramponna comme il put au mur et dégagea son sac de ses épaules. Il l'ouvrit avec précaution et farfouilla à l'intérieur jusqu'à ce qu'il trouve ce qu'il cherchait.

Il n'était pas très sûr de ce que c'était, mais Koo le lui avait donné.

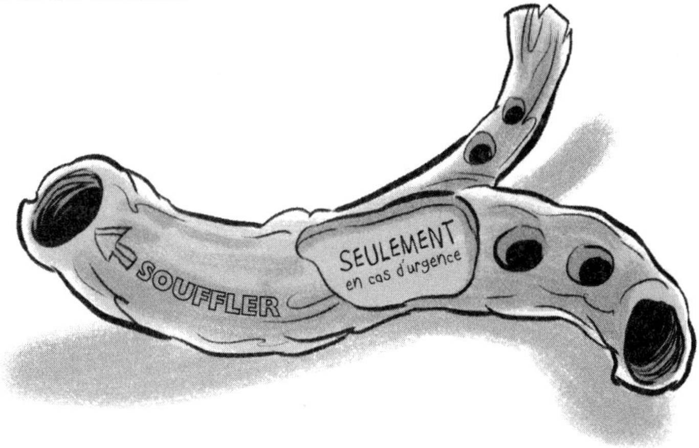

Ça valait la peine d'essayer. Ben porta la chose à ses lèvres et souffla. TUUUT !

Rien ne se passa. Des clous. Il souffla encore. TUUUT !

Toujours rien. Il essaya une dernière fois, mais à part la chute de son écharpe, absolument rien ne se produisit.

– Oh, super ! gémit Ben en resserrant ses genoux contre lui pour se réchauffer. Apparemment, c'est l'heure de l'esquimau !

Il était en train de se demander s'il pourrait attacher ses vêtements les uns aux autres pour fabriquer une corde, quand…

–COVERT !

Ben sursauta et faillit tomber de la corniche.

–COVERT !

La voix venait d'en haut.

–KOO ? C'est bien toi ?

–Bien sûr que c'est moi ! Tu as soufflé dans le sifflet d'Herbert, non ?

Ben leva les yeux et vit le planeur gonflable amarré au toit de l'école.

–Le sifflet d'Herb ?

–Ouais, c'est comme un sifflet pour chien, mais pour wombat, expliqua Koo, comme si c'était évident. Il peut l'entendre à des kilomètres.

Elle gratouilla tendrement le menton d'Herb.

– Alors, qu'est-ce qui t'arrive ? Il ne fait pas un peu frisquet pour traîner sur une corniche ?

– Je vais tout t'expliquer dans une minute, répondit Ben qui souriait bêtement.

Il n'avait jamais été aussi heureux de retrouver son amie barbue. Il lui montra la fenêtre du bureau.

– Je dois entrer là-dedans.

– Pas de problème ! lança Koo. Tiens bon !

Et elle disparut de son champ de vision. Une minute ou deux s'écoulèrent, et Ben commençait à se demander ce qui se passait, quand Herbert apparut sur le rebord du toit et l'enjamba. Ben fit la grimace, s'attendant à ce qu'il dégringole jusqu'en bas, mais il n'en fut rien.

SMUCK, smuck.

Herb se dirigea vers lui.

SMUCK, smuck, SMUCK, smuck, SMUCK smuck.

Tel un lézard grassouillet et poilu, le wombat se dandina sur le mur jusqu'à Ben, une ventouse fixée à chacune de ses pattes et une selle autour du poitrail.

–GRIMPE DESSUS ! cria Koo d'en haut.

–QUOI ?

–MONTE ! Tout ira bien ! Herb va te transporter jusqu'à la fenêtre.

–Dit comme ça, ça paraît simple, couina Ben, qui tendit une main tremblante et empoigna la selle.

–Tant que tu lâches pas prise, ajouta calmement Koo.

–C'EST MAINTENANT QUE TU LE DIS ?

Il enroula ses jambes autour du ventre d'Herb et se cramponna de toutes ses forces.

Le wombat ne paraissait nullement gêné par la hauteur. Il se dirigea avec désinvolture droit sur la fenêtre ouverte. Ben se hissa sur le rebord, sauta et atterrit comme un sac à patates sur le sol du bureau.

–Super, Covert ! On dirait que tu as fait ça toute ta vie, gloussa Koo.

Elle entra par la fenêtre en se balançant au bout d'une corde, fit un saut périlleux et se rétablit parfaitement à côté de Ben.

Ben se releva et expliqua ce qui lui était arrivé.

–Tout ça pour une paire de *chaussures* !

Koo sourit, tout en aidant Ben à explorer le bureau.

–Ouais, je sais, fit Ben d'un air penaud. Mais, il y a autre chose, j'en suis sûr. Chingue a été *particulièrement* bizarre ces derniers temps !

Des vitrines et des armoires à pharmacie étaient alignées contre le mur. Elles débordaient de tablettes de comprimés, de bouteilles de sirops nauséabonds, et d'une quantité de bandes, seringues et autres matériels. Mais aucune trace de ses chaussures.

–Attends, qu'est-ce qu'il y a par ici ? demanda Koo en montrant une porte derrière le bureau de Chingue.

Elle l'ouvrit et entra.

–Il se trame vraiment *quelque chose* d'étrange, murmura Ben, comme il suivait Koo dans la pièce et qu'elle allumait la lumière.

EXISTENT-ILS VRAIMENT ?
Quoi ? Quelque chose dans ce genre ?
UFO
ALIENS?
OVNI ?

SERVEZ LE CIEL !
ILS ARRIVENT !
TRACES DE PAS FLUORESCENTES
DÉSINTÉGRATEUR
SNEEZ POWD
LIFE IN SPACE!
ATTENTION AUX MICROBES
ET AUX MIASMES D'ALIENS !
À qui les pas ?
TOP SECRET

Koo poussa un sifflement.

–Tu n'exagérais pas quand tu disais que Chingue était maboule !

Ben eut la chair de poule en parcourant la pièce des yeux. Au centre d'un petit bureau se trouvait un carnet sur la couverture duquel était écrit TOP SECRET en lettres capitales. Ben s'en empara avec précaution et le feuilleta jusqu'à la dernière page. Il en eut le souffle coupé.

Chapitre Six

Koo regarda le carnet de Ben par-dessus son épaule.

–Waouh ! C'est vraiment bizarre ! Et *tout* est comme ça ? Reviens un peu en arrière.

La main de Ben tremblait légèrement en tournant les pages. Il commença à lire à voix haute.

Rapport journalier

J'ai surpris Oscar Pilkington en train d'ÉTERNUER devant le cours de maths.

Symptômes

- mouchoir trempé
- sourcils poisseux
- yeux larmoyants

Diagnostic

- risque de contamination : 84 %

Traitement

- aspergé avec la dose MAXIMALE de SÉRUM-TUE-RHUME 714X et une nuit en cellule d'isolement

Note : commander un pot supplémentaire d'ANNIHIL-GERMES en poudre, 3 oignons et un tube de crème contre les verrues.

–Ça me semble à peu près normal. Pour Chingue.

Il sauta quelques pages.

–Attends, l'arrêta Koo, c'était quoi ça ? Là !

–Waouh ! souffla Ben. Ça, ce n'est *pas* normal…

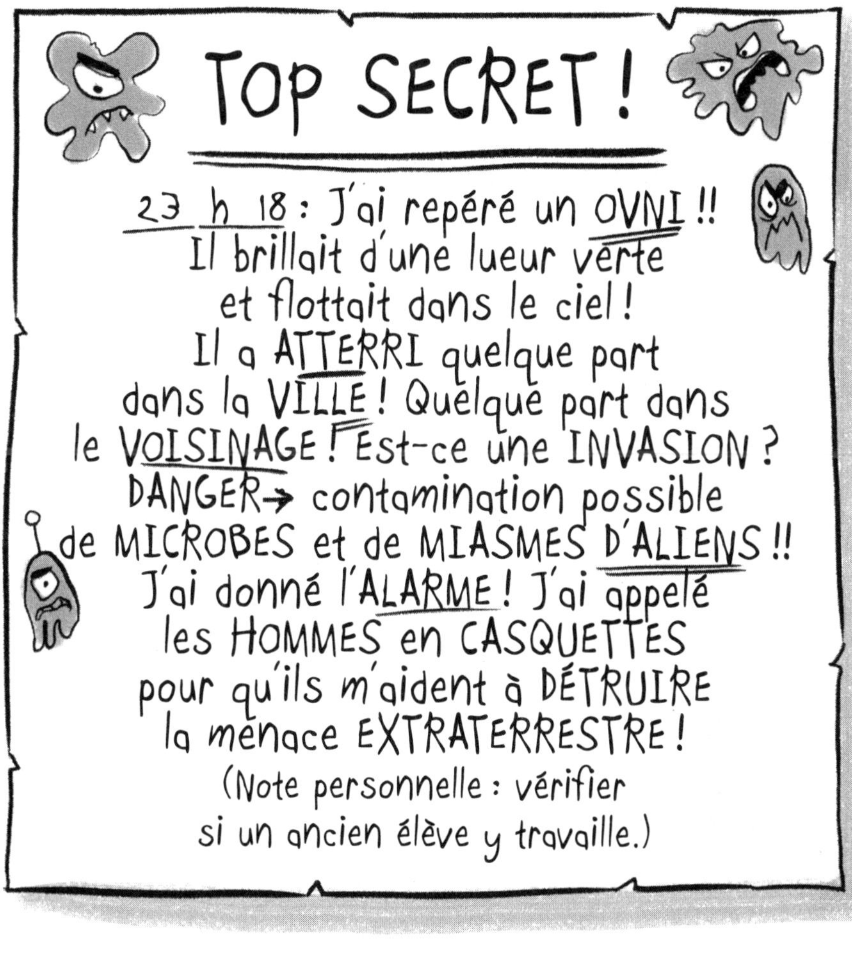

–Les Hommes en Casquettes ? demanda Ben. Qui sont-ils ?

–Je t'expliquerai plus tard, répondit Koo. Continue. Qu'est-ce qu'elle raconte d'autre ?

ILS NE ME CROIENT PAS !
Ils disent qu'ils ont
besoin de PREUVES !!
Ils ne m'écoutent pas !
Ils ne m'aideront pas.
Je suis SEULE !
Je dois trouver une solution…

Aujourd'hui, j'ai récupéré un **DÉSINTÉGRATEUR !**

Maintenant, je suis PRÊTE !

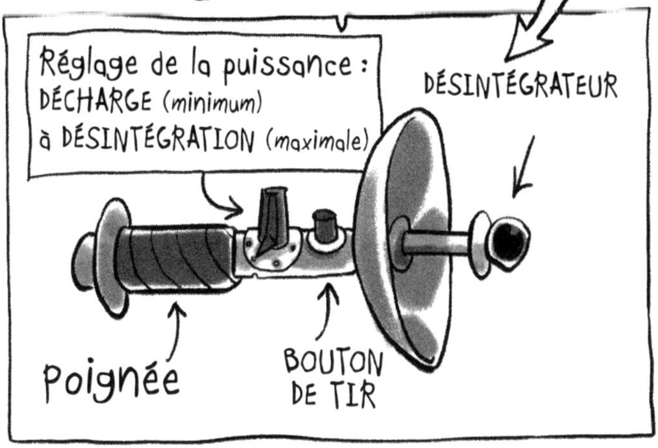

C'est le projet de science de Max Fernando. Je l'ai confisqué et TURBO-CHARGÉ. Je l'ai testé sur un gros pot de GÉLATINE dans le hall ! Ça a marché !! La gélatine a EXPLOSÉ partout dans la pièce !!

Je suis heureuse d'avoir mon DÉSINTÉGRATEUR !
Les ALIENS sont partout !!
Mais je les DÉSINTÈGRE vite fait, bien fait !

ALIEN 1 Nom : la Terreur de TITAN Lieu : marché des petits producteurs	
ALIEN 2 Nom : le BLOB de MARS Lieu : la bibliothèque pour enfants	
ALIEN 3 Nom : la mini-MENACE de MERCURE Lieu : Grande Rue	

MAIS les HEC ne me croient toujours pas !!
Je DOIS trouver des PREUVES !
Je vais patrouiller TOUTES LES NUITS !

–Bon, ça, ça explique pourquoi il pleuvait de la gélatine pendant la réunion, fit remarquer Ben en tournant la page. Zut ! Regarde ! C'est là que j'apparais !

Rapport de la PATROUILLE de minuit :

EMPREINTES ! Empreintes de pas PHOSPHORESCENTES !
Il y en a PARTOUT dans l'école !!!
Est-ce qu'il y aurait des ALIENS dans l'établissement ?? J'ai un plan :

1. Dire à tout le monde que je dois décontaminer les chaussures.
2. Tester les chaussures dans mon laboratoire.
3. DÉCOUVRIR à qui sont les chaussures PHOSPHORESCENTES !

Résultat : J'ai réussi !! Les chaussures phosphorescentes appartiennent à BEN COVERT !

J'ai toujours su qu'il y avait quelque chose de SOURNOIS chez ce garçon, COVERT !
Je vais l'espionner,
mais je ne dois pas lui montrer
que j'ai découvert son SECRET
jusqu'à ce que j'en sache davantage.
Je ne dois pas l'effrayer.

– Donc, c'est pour ça qu'elle t'a confisqué tes chaussures ! s'exclama Koo. Je n'arrête pas de te dire d'être plus prudent avec le jus de lampignon. C'est super puissant.

– C'est la faute d'Herb, protesta Ben. Tu sais à quel point il est surexcité parfois.

Koo leva un sourcil et continua la lecture.

– Eh, regarde ! Il semblerait que Chingue ait un don pour confectionner les pièges.

– Fais voir, dit Ben.

Je dois fouiller le sac de COVERT.
J'ai un plan ! Je vais lui tendre un piège !!

① Envoyer une fausse convocation à Covert pour l'obliger à se rendre dans le bureau du proviseur en traversant le long couloir sombre.

② Étaler de la CRÈME CONTRE LES VERRUES sur le sol (ULTRA-glissant).

③ ÉTEINDRE la lumière quand Covert arrive au milieu du couloir. Covert glisse et lâche son SAC !

④ Utiliser des lunettes à vision nocturne, s'approcher furtivement et chercher le sac dans le noir.

–Ah, pas mal ! Un peu grossier, mais pas mal ! lança Koo.

Ben lui fila un coup dans les côtes.

–Eh ! De quel côté tu es ? Je me suis fait vraiment mal ! En plus, maintenant, M. Bonnepâte me prend pour un idiot ! ET de quel droit a-t-elle fouillé dans mes affaires ? Oh, mince ! ajouta Ben. Ça ne se présente pas très bien…

Ben arrêta sa lecture. Il avait un mauvais pressentiment. Il observa la photo.

–Je ne comprends pas. C'est juste ce selfie que j'ai pris avec Herb dans les bois, avec ta KOO-méra.

–Attends ! C'est quoi à l'arrière-plan ? interrogea Koo.

–Chais pas, répondit Ben en louchant sur la photo, j'arrive pas à voir.

Koo farfouilla dans le bureau et en sortit une grosse loupe.

–Essaie avec ça, dit-elle.

Ben regarda de plus près. Là, un peu flou mais bien visible, il y avait un truc bizarre. C'était grand et poilu, avec de longs bras et de longues jambes. Et au centre du corps tout rond, il y avait un énorme œil unique !

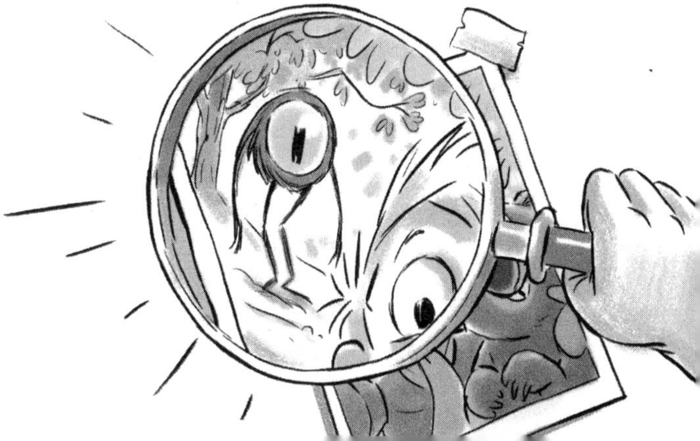

Ben soupira.

– Oh, oh, souffla-t-il en se tournant vers Koo.

Chapitre Sept

Les deux agents des HEC levèrent la tête en entendant claquer un pas pressé sur les dalles luisantes du hall du quartier général.

– Oh, oh ! Attention, Fouineur ! murmura sous cape le plus grand, et il se raidit sur son siège.

– Argh ! Elle n'est pas de retour, si ? Ça fait combien de fois ?

– Si je tenais l'imbécile qui a posté notre adresse sur Internet, je lui mettrais bien une taloche… Ah, Miss Chingue ! Que puis-je faire pour vous aujourd'hui ? Je suppose que vous voulez de nouveau vous entretenir avec la Commandante ?

– Effectivement, répondit l'infirmière Chingue. Et en vitesse !

– Elle ne vous recevra pas, indiqua Furtif. Pas après les dernières fois. Et tous ces soi-disant *aliens* que vous avez dénichés?

– Où voulez-vous en venir *exactement* ? demanda Chingue avec un regard mauvais.

– Voyons voir, dit Furtif en comptant sur ses doigts. D'abord, il y a eu l'épouvantable Terreur de Titan sur le marché des petits producteurs.

– Oui ?

– Finalement, ce n'était pas un alien, n'est-ce pas ?

– Il était facile de se tromper.

– C'était un navet, n'est-ce pas ?

Fouineur ricana.

LES HOMMES en CASQUETTES (Agents HEC)
AGENT FURTIF
Chut ! c'est une agence SECRÈTE...
Casquette
Casquette
AGENT FOUINEUR
Scanner de poche
Parfait-ESPION-TOUT-EN-UN.
GADGET SECRET
À quoi ça sert ? Je ne sais pas, c'est un secret...
Chaussures
Avec des compartiments secrets ? Je ne sais pas, c'est un secret...
Uniforme des HEC
- casquette noire
- lunettes noires
- manteau noir
- chaussettes secrètes

Chingue serra les dents.

–Eh bien, oui. Mais il était énorme. Et il était bio.

–Puis il y a eu le Blob de Mars dans la bibliothèque pour enfants, continua Furtif.

–Il *ressemblait* à un alien, grommela Chingue.

–*Tous* les poufs ressemblent à ça, Miss Chingue, ricana Fouineur, et il se cala dans son fauteuil avec un sourire idiot.

–Et l'autre jour, enchaîna Furtif, la Mini-Menace de Mercure dans la Grande Rue ? C'était un caniche nain, pas vrai ? Le caniche nain de la *Commandante* !

–Ah mais ça, ça avait l'air bizarre !

–*Évidemment* ! Il venait d'être *tondu*, infirmière Chingue. La Commandante était furieuse.

– Si seulement vous n'aviez pas tiré avec votre Désintégrateur avant de demander, ça ne se serait pas aussi mal fini, remarqua Fouineur. Peut-être devriez-vous vous contenter de faire votre travail et nous laisser nous occuper des aliens.

Les deux agents échangèrent un sourire en roulant des yeux.

– Ne crois pas que je t'ai oublié, Colin Fouineur, gronda Chingue en se penchant vers lui d'un air menaçant – sa paupière gauche tressautait. Tu rotes toujours quand tu es nerveux, n'est-ce pas ?

Les agents restèrent silencieux. Les lèvres de Chingue se retroussèrent.

– Et toi, Leslie Furtif, les patates te filent toujours des boutons ? Vous êtes peut-être des agents des HEC maintenant, mais vous n'êtes pas assez vieux pour éviter une vaporisation.

Chingue fixa les deux agents sans ciller. Fouineur rota.

Chingue sourit et prit quelque chose dans son sac, qu'elle posa avec force sur le bureau.

–La Commandante va me recevoir, CETTE FOIS ! hurla-t-elle. Il y a BIEN un ALIEN ! J'en ai la PREUVE !

Le regard de Furtif passa du bureau à Chingue. Il se tourna vers Fouineur et, d'un signe de tête, montra les portes derrière eux. Sans un mot, Fouineur composa des numéros sur un digicode et disparut à l'intérieur.

Bientôt, les portes se rouvrirent en grinçant.

–Alors comme ça, vous êtes revenue ?

La Commandante était à peu près aussi large que haute. Elle avait les cheveux frisés, une petite bouche et un regard d'acier. Elle était vêtue d'une casquette et d'un costume noir identiques à ceux des autres agents, à la différence près que sa casquette était encore plus grande.

–J'espère que c'est important, Miss Chingue. Je suis une femme très occupée.

LA COMMANDANTE des HEC
La plus grande casquette
RAYON X
de la casquette :
• RADAR et système d'ÉCOUTE
• pique-nique
• Thermos de thé
• Torche
• Mini-scanner
Ambition : être la première femme sur MARS !
Un regard dur qui vous met les jambes en compote !
POSTURE DE CHEF
Chaussures vernies

Où est donc cette *preuve* ?

–Juste ici, répondit Chingue. (Elle tendit la photo qu'elle avait subtilisée dans le sac de Ben.) Là ! Un ALIEN. Derrière ce garçon, Ben Covert.

Les yeux de Chingue brillaient.

–Ce n'est pas un *alien,* Miss Chingue. C'est un *wombat* !

La Commandante soupira et roula les yeux en signe d'impatience, puis elle tourna les talons.

–NON ! cria victorieusement Chingue. *Derrière* le wombat !

La Commandante regarda de plus près.

–Tiens, tiens, tiens, dit-elle.

Elle leva lentement un sourcil et se redressa.

–D'accord, Miss Chingue, racontez-nous tout.

Chapitre Huit

Le vol de l'école jusqu'à la forêt de Koo n'avait pas duré très longtemps, mais le vent était glacial et Ben mourait d'envie de se blottir devant un bon feu.

–Ils vont bientôt se mettre à tes trousses, affirma Koo, le tirant de sa rêverie.

Ils descendirent du planeur et mirent les pieds sur une plateforme construite tout en haut d'un arbre dont les branches craquaient et s'agitaient dans le vent.

–De qui tu parles ?

–Des HEC. Les Hommes en Casquettes.

Koo sauta dans le toboggan vertigineux qui était accroché à la plateforme.

–Mais qui sont les HEC ? demanda Ben en sautant derrière elle.

Son estomac bondissait tandis qu'il descendait à toute allure à travers les arbres. L'air froid lui fouettait le visage. Tout à coup, le toboggan s'aplanit pour propulser Ben dans un tube tout tire-bouchonné et, après une spirale étourdissante, finit par le recracher au beau milieu de la maison de Koo. Il atterrit – *PAF!* – sur un énorme pouf en poils de wombat. Et il resta là, tout étourdi.

–Ils font partie d'une agence secrète, continua Koo tranquillement (rien n'indiquait qu'*elle* venait de faire une glissade à cent kilomètres-heure). Ils enquêtent sur les signalements d'extraterrestres et d'OVNI, et tous les trucs du genre.

Ben se redressa sur ses coudes et écarta une mèche de cheveux de ses yeux.

–Vraiment ? Mais…

Tout devint noir et il s'enfonça profondément dans le pouf. Herbert les avait suivis dans le toboggan.

–Mmmmf ! articula Ben, écrasé par le derrière poilu de Herb.

Koo s'approcha pour aider Ben à s'extirper du pouf, le souffle coupé.

Elle ranima le feu avec sa lance et fit asseoir Ben devant, en lui préparant une tisane bien épicée.

– Pourquoi est-ce que tu crois qu'ils sont à mes trousses ? demanda Ben, inquiet.

– Eh bien, maintenant ils ont cette photo, n'est-ce pas ? Ils savent ce qu'ils cherchent, mais pas où chercher. Mais ils savent aussi que toi, tu sais, répondit Koo.

Elle sortit quelques énormes noisettes chaudes du Grille-tout et en lança une à Ben.

–Tu es le chaînon manquant.

Ben grignota pensivement sa noisette.

Comment se fait-il que tu en saches autant sur eux ?

La lumière des flammes dansait sur le visage de Koo.

–Je ne t'ai jamais parlé des moments que j'ai passés en Suisse dans le laboratoire du follement célèbre et célèbrement fou astronome, astronaute, savant professeur Heinrich von Himmelsaffe ?

–Non, répondit Ben, qui n'était plus surpris depuis longtemps par les aventures de Koo.

–Eh bien, nous avons plus d'une fois croisé la route des HEC, dit Koo avec un clin d'œil énigmatique.

–Est-ce qu'ils sont dangereux ?

–Ils sont *déterminés*, répliqua Koo, soudain très sérieuse. Comme des chiens après un os : ils ne lâchent rien ! La seule chose qu'ils désirent encore plus trouver qu'un alien, c'est un OVNI et toute la puissante technologie que ses secrets leur apporteraient. S'ils pensent qu'il y en a un dans les parages, ils ne s'arrêteront pas avant de l'avoir trouvé.

–Oh!

Ben déglutit. La perspective de voir la magnifique forêt primaire de Koo détruite le remplissait de tristesse. C'était la maison de Koo, et celle d'Herb aussi.

–Finis ton verre et viens avec moi! lança Koo.

Elle se leva d'un bond et attrapa un harnais accroché à une patère près de la porte.

–Oh! Ne me dis pas que c'est encore pour moi!

Koo se retourna et lui fit un clin d'œil.

–Pas cette fois!

Quelques instants plus tard, Ben se retrouva dans un petit traîneau tiré par Herbert qui bondissait dans la neige épaisse tel un renne dodu et court sur patte.

– Hue, Herbert, hue ! criait Koo, tandis que le traîneau filait dans la forêt.

– Ça ne l'embête pas ? parvint à demander Ben – sa tête cognait contre le dos de Koo et il avait des cheveux plein la bouche.

– Oh, Herb adore ça ! Regarde comme il est excité !

Elle agrippa les rennes et Herb sauta par-dessus un étroit ravin. Il atterrit avec un bruit sourd et remua la croupe comme un fou. Ben se cramponna plus fort.

– Où est-ce qu'on va ? cria-t-il dans le vent.

– On doit découvrir si les Hommes en Casquettes croient ce que Chingue leur a raconté, expliqua Koo. Avec un peu de chance, ils sont encore persuadés qu'elle est cinglée et ils ne l'ont pas écoutée.

– Et s'ils la croient ?

– Dans ce cas, toute la forêt est en danger, dit Koo sombrement. Et toi aussi.

Le traîneau zigzagua entre deux énormes rochers, glissa sur un étang gelé et stoppa sa course au pied d'un arbre tellement immense que Ben ne pouvait apercevoir sa cime.

–Alors, comment allons-nous faire pour découvrir si les HEC croient Chingue ? demanda-t-il en sautant du traîneau à la suite de Koo.

Elle caressa Herbert et lui lança des friandises pour wombat, puis elle se tourna vers Ben.

–Je vais te montrer. C'est par ici.

Ben resta derrière elle tandis qu'elle s'emparait d'une corde dissimulée dans du lierre.

–Tiens-toi bien, Covert, on va décoller !

Koo tira d'un coup sec sur la corde. Cela fit un puissant *BOING*, le sol se déroba, et ils fusèrent à travers les branches.

Le BOING Express
ARBRE
③ Atterrir dans un filet de sécurité au sommet !
WOU-HOU !
① Tirer sur la corde pour libérer le cran de sûreté
② Décoller comme une fusée à 150 km/heure
GROS ressort enterré
BOING !
cran de sûreté

–Mince alors! Ça réveillerait un mort! s'exclama Ben en sortant du filet où ils avaient atterri.

–Et c'est plus rapide qu'un escalier! gloussa Koo. Viens, on a du pain sur la planche.

Ben prit place avec précaution à côté de Koo, sur l'étroite plateforme. Il regarda autour de lui et retint son souffle. Ils se trouvaient au sommet de l'arbre le plus haut de la forêt. À leurs pieds, les bois et la ville s'étendaient dans toutes les directions.

Au milieu de la plateforme trônait un grand télescope très perfectionné.

–Ça, dit fièrement Koo, c'est L'ESPION DES CIMES!

–Il décime quoi?

–Ah, ah! Non, Ben! C'est l'E S P I O N – D E S – C I M E S, répéta Koo en détachant bien chaque mot.

Elle grimpa sur le siège. Elle poussait des leviers, tournait des boutons, et l'énorme télescope tournait, s'inclinait et se braquait sur tel ou tel endroit, fouillant l'horizon.

–Qu'est-ce que tu cherches ? interrogea Ben, qui essayait d'oublier que la terre ferme était à des *milliers* de kilomètres en dessous de lui.

–Là ! fit Koo.

Elle améliora la netteté en tournant doucement une manette en bois ciré.

–C'est bien ce que je pensais. Jette un œil.

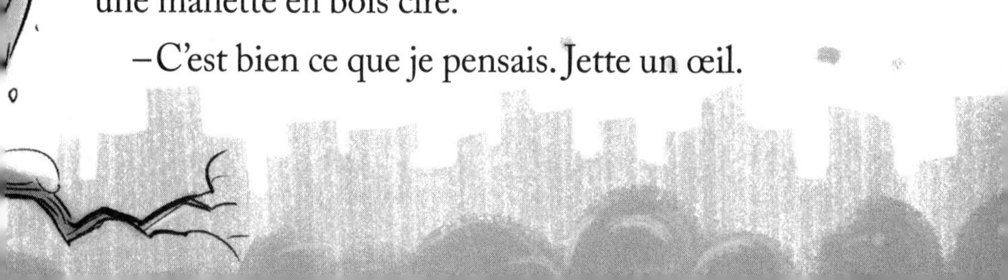

Il regarda à son tour dans le télescope et, très loin, il la vit.

–C'est juste une camionnette.

–Ce n'est pas juste une camionnette, Ben, c'est une camionnette de *glacier*, le corrigea Koo.

–Et alors ?

Koo leva un sourcil.

–Une camionnette de *glacier* ? En plein *hiver* ?

–Les Hommes en Casquettes ? prononça Ben, soudain très inquiet.

–Ouais, j'en ai bien l'impression. Ils patrouillent.

Chapitre Neuf

Le jour suivant, la neige tomba en abondance. À la récréation du matin, Ben en avait déjà jusqu'aux chevilles et, au moment du déjeuner, il y en avait assez pour recouvrir facilement un gros blaireau. Un *grand* gros blaireau.

Mais Ben ne pouvait pas en profiter. Il était de retour à l'école et se sentait déprimé.

– *Retourne à l'école, ne dis rien à personne*, lui avait conseillé Koo, avec cette lueur dans les yeux qu'elle avait toujours quand elle préparait un plan spectaculaire. *Comporte-toi comme d'habitude*, avait-elle ajouté au moment où ils s'étaient quittés, la veille.

Plus facile à dire qu'à faire. À l'école, il serait en sécurité. Les HEC ne viendraient pas le chercher ici. Mais Ben était quand même anxieux. Chaque fois qu'il surprenait Chingue en train de le fixer de son regard mauvais, il lui fallait tout son sang-froid pour ne pas courir se cacher derrière un buisson.

Et elle n'était pas la seule personne à le rendre terriblement nerveux. Cette dame de cantine, Doris, et l'homme de ménage, Morris, par exemple…

Est-ce qu'ils sont nouveaux ? s'interrogeait Ben, méfiant. Pourtant, il ne pouvait pas en être sûr. Pas complètement.

La dernière sonnerie finit par retentir. Ben savait que c'était maintenant qu'il courait le plus gros risque de se faire pincer. Sur ses gardes, il marchait fébrilement dans le couloir, quand Harry Bouboule, un petit garçon rond aux joues rouges, le dépassa.

DORIS
Une dame de cantine grossière qui semble faire plus attention à Ben qu'à l'endroit où elle déverse le ragoût.
Charlotte
Moustache suspecte
MORRIS
DORIS
* Toujours en train de passer la serpillière dans les parages
MORRIS
Ragoût
Drôles de jambes
Barnabé Lapoisse
* Est-ce que c'est normal de passer la SERPILLÈRE sur de la MOQUETTE ?

–Mais pourquoi est-ce qu'il se gare *juste devant* s'il n'est même pas ouvert ? Il a été TELLEMENT malpoli ! Je voulais juste un Choc Givré à la menthe !

Il se plaignait bruyamment à Betsy Monchou, la fille qui l'accompagnait, en agitant les bras d'un air exaspéré.

–Mais tu n'as pas arrêté de marteler sa porte, pas vrai ? fit remarquer Betsy.

Harry haussa les épaules.

–J'ai FAIM, voilà tout. Ce n'était pas la peine de me répondre aussi grossièrement !

Minute, songea Ben, tandis que les deux élèves disparaissaient au coin de la rue. *Un Choc Givré à la menthe ? En plein HIVER ?* Il remonta le couloir d'où ils étaient venus et ralentit dans le hall d'entrée. Il s'approcha à pas de loup, jusqu'à ce qu'il ait une vue dégagée sur le parking de l'école, à travers les vitres de la grande porte.

Effectivement, elle était là.

– La camionnette du glacier ! murmura-t-il.

Il recula d'un bond en apercevant l'infirmière Chingue, surgie d'un tourbillon de neige, qui frappait à la porte du véhicule. Ben l'observa dans l'ombre pour voir ce qu'elle manigançait.

–Je t'ai DIT qu'on était FERMÉS, espèce de petit glouton morveux, grogna une voix pleine de colère.

La porte de la camionnette s'ouvrit brutalement.

–Oh, c'est vous ? Vous êtes en retard, montez.

Ben retint son souffle quand un grand moustachu, vêtu d'un manteau et d'une casquette noirs, descendit pour laisser entrer Chingue.

Ben avait la gorge nouée. C'était Doris !

Les lunettes noires de l'homme étincelaient dans le soleil couchant. Il scruta le parking avant de sauter dans la camionnette.

GLACIER

VOITURE
DE PATROUILLE DES HEC
Cône de glace lumineux
Haut-parleur
DÉGUISÉE en CAMIONNETTE DE GLACIER
À L'INTÉRIEUR :
Antenne radar dissimulée
Système d'écoutes clandestines
TRAPPE
périscope et caméras de surveillance
BOÎTE À DÉGUISE-MENTS
DORIS
MORRIS
Moteur silencieux pour filatures discrètes
Aucun esquimau glacé !

Ben se glissa prudemment hors de sa cachette. Il n'y avait pas l'ombre d'une glace dans cette camionnette. Elle était bourrée du sol au plafond d'équipements électroniques qui bipaient et bourdonnaient. Des écrans de contrôle aux lumières vives clignotaient, éblouissants.

Et, assis à l'arrière, également vêtu de noir, se trouvait Morris.

Koo avait raison ! C'étaient les Hommes en Casquettes !

Ben en avait assez vu.

Il devait retourner dans la forêt, et vite !

Chapitre Dix

Ben ouvrit la grande porte de l'école juste assez pour se glisser dehors sans être vu.

Il passa discrètement devant la camionnette. Une lumière rouge clignotait lugubrement à travers ses vitres. Le murmure des voix et le grésillement des radios couvrirent le bruit sourd des pas de Ben dans la neige. Il se faufila entre les grilles de l'école et prit la direction de la ville.

Il neigeait de plus en plus fort. Ben courut à travers un labyrinthe de rues et de ruelles jusqu'à l'entrée secrète des bois de Koo.

La lumière du jour déclinait rapidement, et il faisait presque nuit quand il se mit à avancer, de la neige jusqu'aux genoux, entre les énormes et anciens arbres de la forêt.

Il ferma son manteau jusqu'au cou et, en se protégeant les yeux du vent glacial, il essaya d'apercevoir Koo dans la pénombre.

Il vit quelque chose bouger devant lui, puis disparaître vers la cime des arbres. Ben mit ses mains en cornet pour appeler, mais…

–Eh oui, Covert !

Elle sourit en le retenant fermement entre ses bras osseux. La gorge de Ben se serra lorsqu'il aperçut d'autres silhouettes émerger des bois. Leurs manteaux noirs claquaient dans le vent et leurs casquettes étaient enfoncées jusqu'aux yeux.

–Qu… qu'est-ce que *vous* faites ici ? balbutia Ben.

–Tu pensais nous avoir faussé compagnie, hein ? dit Chingue d'un ton joyeux. Mais tu n'es pas aussi malin que tu le crois.

Elle fit pivoter Ben et désigna triomphalement le sol.

Ben baissa les yeux, et là, aussi visibles que le nez au milieu de la figure d'un enrhumé, il aperçut ses empreintes dans la neige. Ses empreintes *phosphorescentes* qui montraient le chemin qu'il avait parcouru.

–Tu nous as conduits pile où nous voulions aller ! jubila l'infirmière Chingue.

Une petite femme avec une grande casquette s'approcha et examina Ben.

–Bon travail, Miss Chingue, tonna-t-elle. Vous n'êtes peut-être pas complètement cinglée.

–Je vous l'avais dit, n'est-ce pas ? Je savais qu'il nous mènerait au bon endroit, Commandante, se vanta Chingue. C'est *assurément* ici que la photo a été prise.

–Laissez-moi partir ! protesta Ben en gigotant.

Mais c'était sans espoir. Aucun enfant n'avait jamais réussi à se libérer de la poigne de fer de Chingue.

–Agent Furtif ! Agent Fouineur ! aboya la Commandante. Gardez le garçon à l'œil. Les autres, déployez-vous. Retrouvons ce truc !

Soudain, Ben arrêta de gigoter et ouvrit des yeux grands comme des soucoupes.

– Si je peux me permettre… dit-il en montrant d'un doigt tremblant la cime des arbres.

Là, se détachant dans la faible lumière, se tenait le TRUC de l'ESPACE !

C'était grand, avec de longues jambes fines et des bras qui touchaient le sol. Au milieu de son corps tout rond et poilu, un énorme œil unique brillait d'une lumière verte clignotante.

– A… A… ALIEN ! hurla Chingue. Elle sortit un spray de SÉRUM-TUE-RHUME EXTRA-FORT de sa poche et s'en aspergea de la tête aux pieds.

Campé sur ses jambes filiformes, le Truc avançait vers eux à travers les arbres..

Ben recula quand les agents entrèrent en action.

– À L'ATTAQUE ! ordonna la Commandante, alors que le Truc se rapprochait de plus en plus.

Les puissants rayons des lampes torches éclairèrent le Truc, encerclé par les agents.

Ils lancèrent des grappins de tous les côtés et entravèrent ses longues jambes dans un faisceau de cordes. Ben le regarda se tordre dans tous les sens et batailler pour se libérer. Finalement, il chancela, bascula, et finit par s'écraser dans la neige épaisse avec un grand *SPLASH !*

La Commandante et ses agents s'approchèrent du Truc. Son énorme œil vert clignotait, mais il se tenait tranquille.

– Messieurs, ramenons-le à la base avant que nous soyons tous morts de froid, ordonna la Commandante. Et emmenez aussi le garçon, j'aurai quelques questions à lui poser !

Les talkies-walkies bourdonnèrent et un petit tracteur apparut entre les arbres.

Ben fut jeté dans la cabine. Les agents ligotèrent le Truc de l'Espace sur une remorque, puis le tracteur

se remit en marche pour conduire Chingue, la Commandante et ses agents à la camionnette stationnée à l'orée de la forêt de Koo. Et en route pour le quartier général des HEC !

Ben regardait avec anxiété à travers les vitres du tracteur, espérant que Koo allait bien, mais il ne vit rien d'autre que la neige.

Chapitre Onze

Le tracteur se gara dans l'immense garage souterrain du quartier général des HEC. *CLANG!* Des gardes refermèrent les énormes grilles derrière eux.

–Nous y sommes, indiqua l'agent Furtif en ouvrant la porte de la cabine. Viens avec moi, la Commandante a deux mots à te dire.

Inquiet, Ben descendit du tracteur et suivit Furtif pendant que d'autres agents enfermaient le Truc de l'Espace dans une cage géante aux épais barreaux d'acier.

–Ce TRUC doit être détruit ! s'écria Chingue en frappant du poing sur la table. Ses cheveux doivent grouiller de LENTES DE L'ESPACE aussi grosses que des noisettes ! Qui sait de quels miasmes répugnants il va nous infecter ?

À cette pensée, sa paupière tressauta frénétiquement et elle se vaporisa aussitôt du SÉRUM-TUE-RHUME EXTRA-FORT en pleine figure.

La Commandante serra les dents.

– Pour la dernière fois, Miss Chingue, NON, vous ne pouvez PAS désintégrer l'ALIEN ! Et si vous m'interrompez encore, vous serez priée de sortir !

Ben était assis en face d'elles, dans une petite salle d'interrogatoire austère. Enveloppé dans une couverture, il réchauffait ses doigts gelés autour d'une tasse de chocolat chaud. Il en but une longue gorgée. On lui avait donné sa première tasse dès les premières questions posées par la Commandante. C'était cinq tasses plus tôt. Elle commençait vraiment à perdre patience.

– Monsieur Covert, reprenons depuis le début, voulez-vous ? Confirmez-vous que le bois dans lequel nous avons trouvé l'alien est le même que sur la photo ?

– Ouais.

– Mais vous affirmez que vous ignoriez qu'il y avait un alien dans les bois jusqu'à cet après-midi ?

– Si je l'avais su... (Ben fit une pause pour terminer sa tasse), je n'y serais jamais retourné, vous ne croyez pas ?

– Donc, vous n'avez jamais vu le vaisseau de l'alien ? L'OVNI ? Vous ne savez pas où il est caché ?

Ben reposa sa tasse et se passa la langue sur les lèvres.

– Serait-il possible d'avoir un autre chocolat chaud ? J'ai encore un petit peu froid.

– ÇA SUFFIT ! explosa la Commandante.

Elle se leva et s'inclina vers Ben.

– Dis-moi juste OÙ EST LE VAISSEAU !

Ben leva les yeux sur son visage écarlate.

– Comment diable est-ce que je pourrais le savoir ? dit-il avec un haussement d'épaules. Je vous ai déjà expliqué que j'allais dans les bois uniquement pour nourrir le wombat. D'ailleurs, vous ne l'auriez pas aperçu, par hasard ? Il est à peu près grand comme ça. (Ben leva la main au niveau de la taille d'Herbert.) Il est poilu, il renifle beaucoup et il souffre d'un léger embonpoint. Oh, et il sent le biscuit.

Le visage de la Commandante vira du rouge au violet.

– JE ME FICHE DES WOMBATS ! hurla-t-elle en agitant les bras. JE DOIS JUSTE RETROUVER CET OVNI !

Ben passa un doigt à l'intérieur de sa tasse.

– Pour moi, c'est assez simple, dit-il en léchant le chocolat au bout de son doigt. Pourquoi ne libérez vous pas l'alien ?

– QUOOOI ? Tu dois être complètement fou ! explosa Chingue. Ce TRUC n'ira NULLE PART !

Elle bondit sur ses pieds en brandissant son Désintégrateur. Il s'alluma dans un crépitement d'étincelles électriques.

– ATTENDEZ ! (La Commandante retint sa main.) Minute, je crois que le garçon tient une idée !

Furtif et Fouineur forcèrent Chingue à se rasseoir.

– Je veux dire que, si j'étais un alien, continua Ben posément, et si on me relâchait, je n'aurais qu'une idée en tête : rentrer chez moi. Et pour ça, il faudrait retourner à l'endroit où j'ai laissé mon…

– VAISSEAU ! termina la Commandante. Fouineur, donnez un autre chocolat chaud à ce garçon, il le mérite ! Ensuite, venez tous avec moi. Nous allons libérer ce TRUC et voir jusqu'où il nous conduit !

Chapitre Douze

Le Truc de l'Espace se déplaçait rapidement à travers les rues désertes, à peine audible, à part un craquement et un raclement bizarre en avançant.

–Ça marche ! murmura la Commandante. Il se dirige vers les bois.

Dès qu'ils avaient ouvert la cage et le portail, le Truc s'était remis maladroitement sur pied et était sorti dans la nuit et la neige.

D'un signe de la main, la Commandante avait ordonné à Ben, Chingue et aux agents de le suivre.

–Restez en arrière pour qu'il ne nous repère pas. Et s'il nous fausse compagnie, ajouta-t-elle en tournant vers Ben son regard glacial, TU devras nous aider à le retrouver !

Ben ne répondit pas. Il trébuchait dans la neige, traîné par Chingue. Elle avait *exigé* de les accompagner parce que c'était elle qui avait vu l'OVNI la première.

Avec prudence, ils pressèrent le pas pour suivre le Truc.

De temps en temps, celui-ci s'arrêtait, balayait la rue de son grand œil, puis continuait son chemin à grandes enjambées.

Il était minuit quand ils atteignirent la forêt. Le vent soufflait un air sinistre à travers les branches dénudées des arbres gigantesques.

En suivant les traces de l'alien, ils s'enfoncèrent dans les bois, jusqu'à un monticule derrière lequel une faible lueur verte éclairait les arbres.

– Qu'est-ce que c'est que cette lumière ? fit Furtif.

– Et ce bouillonnement ? renchérit Fouineur.

– Et surtout, cette ODEUR ? haleta Chingue.

Ben savait parfaitement où ils se trouvaient. Il aurait reconnu cette odeur entre mille.

Ils avaient escaladé le monticule et, juste en dessous d'eux, bouillonnant et explosant en bouffées de gaz nauséabond, s'étendait le Marais des Bulles Pestilentielles !

– Regardez ! s'écria Chingue. La boue est *lumineuse* ! C'est *là-dedans* que Covert a dû marcher. C'est ça qui a rendu ses chaussures phosphorescentes !

– Ça *doit* être ici ! approuva la Commandante. OUI, là-bas ! Regardez ! L'OVNI !

Ses yeux écarquillés reflétaient l'étrange lueur verte.

Au fin fond du marais, brillant d'une vive lumière verte et planant au-dessus de l'ébullition boueuse, se trouvait la chose la plus étrange que Ben ait jamais vue.

Ce n'était pas l'élégant vaisseau argenté qu'ils avaient tous imaginé. C'était moche. Un assemblage de machines étranges, un méli-mélo de fils et de tuyaux. Les lampes clignotaient et bourdonnaient, les tuyaux sifflaient et crachaient de la fumée.

Tous restèrent plantés là, fascinés. La Commandante n'en croyait pas ses yeux ! Combien de fabuleux secrets se cachaient dans ce vaisseau ?

Plus loin, auréolé de vert, le Truc de l'Espace contournait prudemment le marais.

Soudain, le silence fut rompu.

– C'EST L'HEURE DE LA DÉSINTÉGRATION !

Chingue s'était éloignée du groupe et, tenant son Désintégrateur à deux mains, elle visait le Truc de l'Espace.

–NOOOOON ! cria Ben.

Il plongea et la plaqua à terre. Le Désintégrateur fit feu, déchargeant un arc d'étincelles bleues crépitantes dans le marais, à quelques centimètres des pieds de l'alien.

Avec un énorme SPLASH-PLOUUUUUM, un gigantesque panache de boue chaude et pestilentielle s'éleva dans les airs et recouvrit Chingue d'une substance visqueuse et phosphorescente.

Elle avait raté son tir, mais il avait quand même fait des dégâts. Son souffle avait fait perdre l'équilibre à l'alien dégingandé qui chancelait et vacillait.

–Chingue ! Qu'avez-vous fait ? cria la Commandante.

Ben regarda, impuissant, l'alien basculer en avant. Il disparut un instant dans la vapeur des gaz, puis tomba et s'enlisa dans le marais.

Tout le monde se précipita, mais le Truc de l'Espace sombra rapidement et disparut sous la surface. L'éclat de son œil vert s'évanouit avec un dernier bouillonnement de bulles. Il était englouti pour toujours dans le marais.

–AH ! AH ! AH ! ricana Chingue, le nez dégoulinant de boue. Les MICROBES et les MIASMES ont DISPARU ! Les MICROBES et les MIASMES ont disparu pour de bon !

Elle poussait d'horribles cris de joie en sautant d'un pied sur l'autre.

– Fouineur ! ordonna la Commandante en désignant Chingue, maîtrisez cette femme et confisquez-moi ce Désintégrateur ! Furtif, surveillez le marais !

Bip…

– Les autres, emparez-vous du vaisseau !

Bip… Bip… Bip…

– Allez chercher les grappins et contactez le tracteur. On a besoin de la remorque.

Bip. Bip. Bip. Bip. Bip. Bip. Bip …

– Furtif ! hurla-t-elle. Qu'est-ce que c'est que ce bruit ?

– C'est nos scanners, m'dame ! cria Furtif en agitant son gadget électronique. Ils deviennent FOUS !

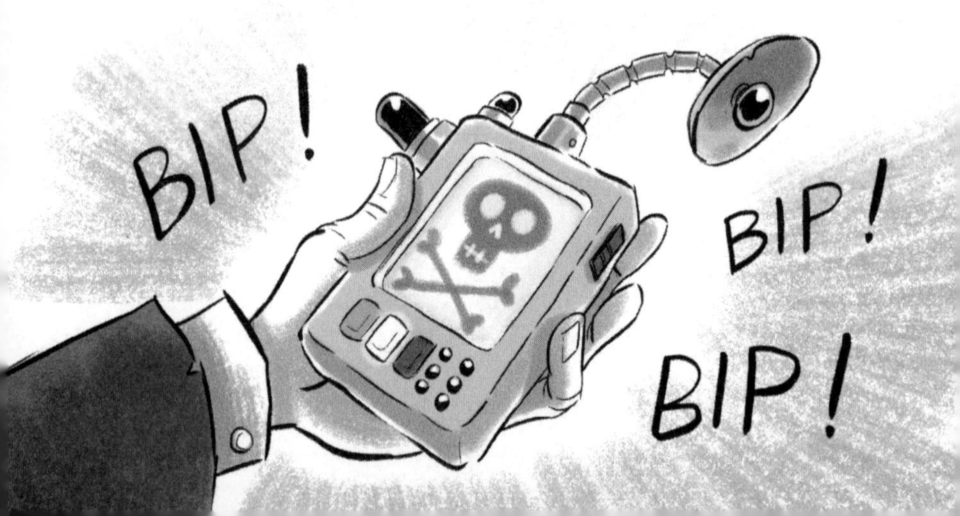

– Ça ne me dit rien qui vaille… Qu'est-ce que c'est ? Est-ce que l'alien est *en vie* ?

– Non, m'dame, c'est le marais ! expliqua Furtif. Il est contaminé. Cette substance extraterrestre, verte et phosphorescente… On n'a jamais rien vu de tel !

– Laissez-moi vérifier, décida la Commandante.

Elle s'empara du scanner, s'approcha de Chingue et passa l'appareil sur la boue verte du marais qui recouvrait toujours l'infirmière de la tête aux pieds.

Le scanner bipa plus fort que jamais.

– Non, je ne peux pas être… c… c… contaminée !

Chingue tremblait, frottait frénétiquement la boue de ses manches, agitait les doigts pour la faire tomber.

– Non ! Pas moi ! Pas avec des MICROBES EXTRATERRESTRES !

– Est-ce que c'est dangereux ? demanda Ben.

Furtif vérifia les données. Il regarda la Commandante. Son visage avait pâli.

– Extrêmement, terriblement, au plus haut point dangereux, m'dame ! On doit SE TIRER d'ici !

–Attendez ! QUOI ? cria Chingue.

–Agents ! vociféra la Commandante. Ce marécage est HAUTEMENT CONTAMINÉ ! Rapportez cet OVNI à la base et placez-le IMMÉDIATEMENT en quarantaine ! Je veux que tout le secteur soit décrété ZONE INTERDITE ! C'est un DANGER DE MORT ! (Elle se tourna vers Chingue.) Fouineur, placez Miss Chingue en cellule de quarantaine.

–Non… Chingue gémit. Pas moiiiii !

Tous les agents s'activaient pour ficeler l'OVNI sur la remorque du tracteur afin de le sortir de la forêt, pour le rapatrier dans la sécurité et le secret du quartier général des HEC.

Entre le vaisseau et la boue extraterrestres, tout le monde avait oublié Ben.

La neige tourbillonnante, les agents affairés, les éclairs des lampes de poche et les grésillements des conversations radio lui permirent de s'éclipser et de se cacher jusqu'à ce que la forêt retrouve son calme.

Quand il fut finalement seul, il sortit de sa cachette, frigorifié et épuisé, et courut jusqu'au bord du Marais de Bulles Pestilentielles. Il se mit à genoux et scruta la boue trouble et phosphorescente, à la recherche du moindre signe de vie.

Il n'y avait rien.

– Koo ? dit Ben d'une voix étranglée.

–Tout va bien, Covert ? fit une voix derrière lui. Tu as perdu quelque chose ?

Ben se retourna.

–Koo ! C'est toi ! Tu n'as rien ?

–Je ne me suis jamais sentie aussi bien !

Elle sourit en redressant sa couronne.

Chapitre Treize

– Hier, j'ai trouvé une goutte de crème derrière mon oreille ! annonça fièrement M. Covert en posant un plateau garni de thé et de petites crêpes sur la table. Mais je crois bien que c'était la dernière.

La lumière du matin inondait la pièce : Ben et Koo étaient arrivés juste à temps pour le petit déjeuner.

– Ça suffit avec ton Crème-brioleurs, mon chéri, dit Mme Covert, puis elle tapota un coussin près d'elle. Koo, viens t'asseoir à côté de moi et raconte-moi ce que vous avez fait tous les deux. Comment s'est passée votre soirée pyjama ? Vous vous êtes bien amusés, je suis sûre.

–Oui. Merci, madame C., répondit Koo en s'affalant dans le canapé.

Herb, de son côté, se coucha sur le dos près de la cheminée pour se réchauffer le ventre. Koo mordit à pleines dents dans une crêpe beurrée.

–Ahh ! Ça va mieux. Je meurs de faim ! Je vous le dis, madame C., les extraterrestres, c'est pas de la tarte !

–Hein ? QUOI ? DES EXTRATERRESTRES ? souffla Mme Covert.

–Ouais ! renchérit Ben joyeusement. Et j'ai passé la nuit avec les agents secrets des HEC !

M. Covert lâcha sa crêpe.

–Les HOMMES EN CASQUETTES ? Les chasseurs d'aliens ? Tu veux dire qu'ils existent *vraiment* ?

Koo sourit aux parents de Ben assis bouche bée.

–Tout va bien. C'est fini, maintenant. Mais on devrait peut-être commencer par le commencement.

Ils s'installèrent avec leurs tasses de thé pour écouter les explications de Ben et Koo.

–Tout est la faute de ce gros patapouf, dit Koo en taquinant Herb du pied. Il a renversé un baril de jus de lampignon sur les chaussures de Ben.

–Je laissais des empreintes phosphorescentes partout où j'allais ! renchérit Ben.

–Oh, je comprends ! fit Mme Covert. C'est pour ça que l'infirmière Chingue a confisqué tes chaussures ?

–Oui, exactement, confirma Ben.

Il expliqua comment ils étaient entrés dans le bureau de Chingue et ce qu'ils avaient trouvé dans son journal intime. Comment elle avait repéré un OVNI et était devenue obsédée par les microbes et les miasmes extraterrestres et intergalactiques.

–*Et* elle a trouvé ça dans mon sac, cette mégère ! ajouta-t-il en leur montrant sa photo avec Herb dans la forêt.

– Attends ! Est-ce que ÇA, c'est un ALIEN ? demanda M. Covert en posant sur la photo un doigt plein de beurre. Là ! À l'arrière-plan, juste derrière toi ?

– Oh, mon Dieu ! murmura Mme Covert.

– Eh bien, c'est ce qu'ont cru voir les HEC sur la photo, expliqua Koo, mais ce qui est drôle, c'est… (Koo leva un sourcil)… qu'il n'y a *jamais* eu d'extraterrestre !

– Hein ?

M. Covert arrêta de mâcher.

– Le Truc que Chingue a vu, c'était seulement moi, en train de tester mon nouveau Marche-Neige !

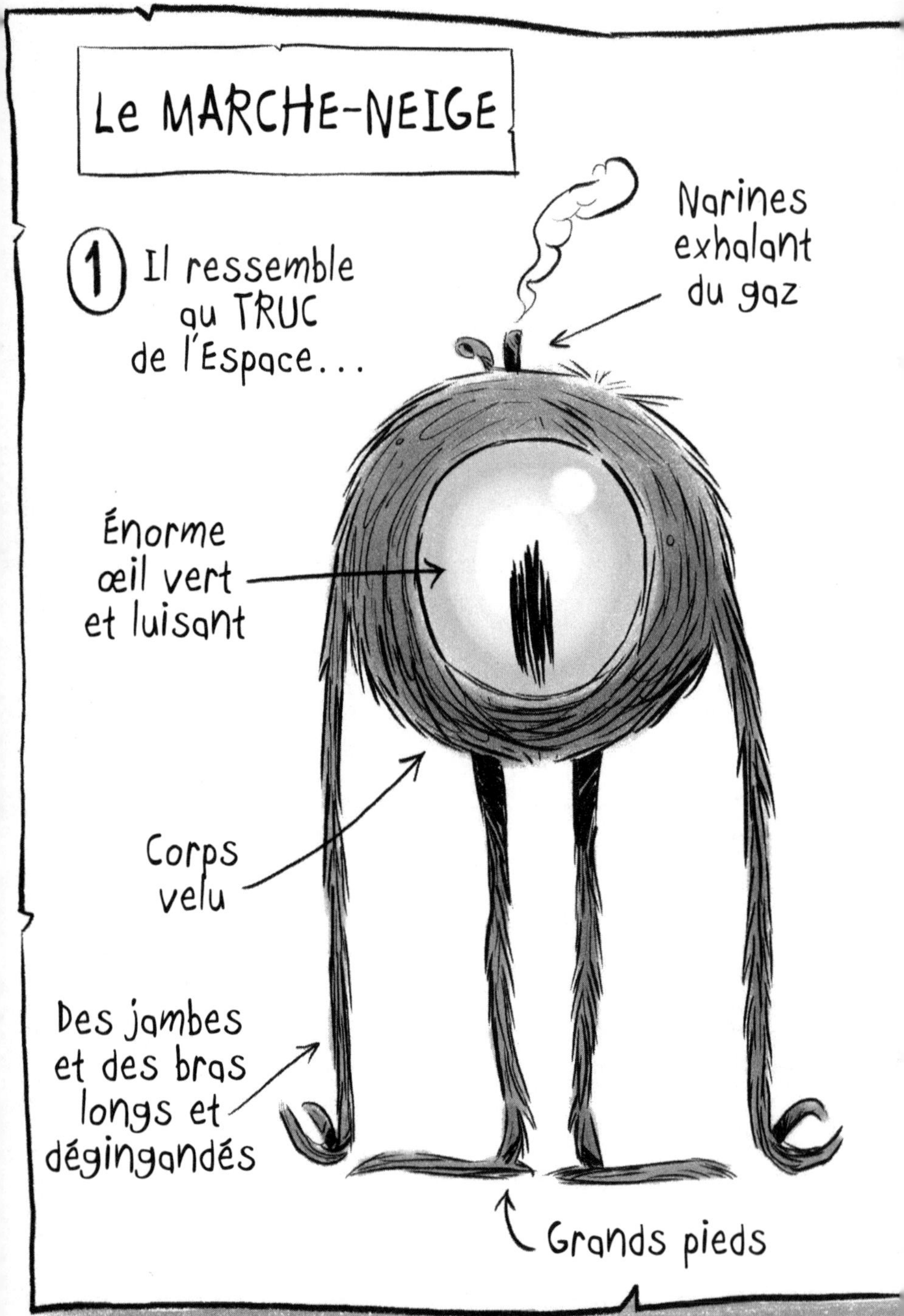
Le MARCHE-NEIGE
1 Il ressemble au TRUC de l'Espace...
Narines exhalant du gaz
Énorme œil vert et luisant
Corps velu
Des jambes et des bras longs et dégingandés
Grands pieds

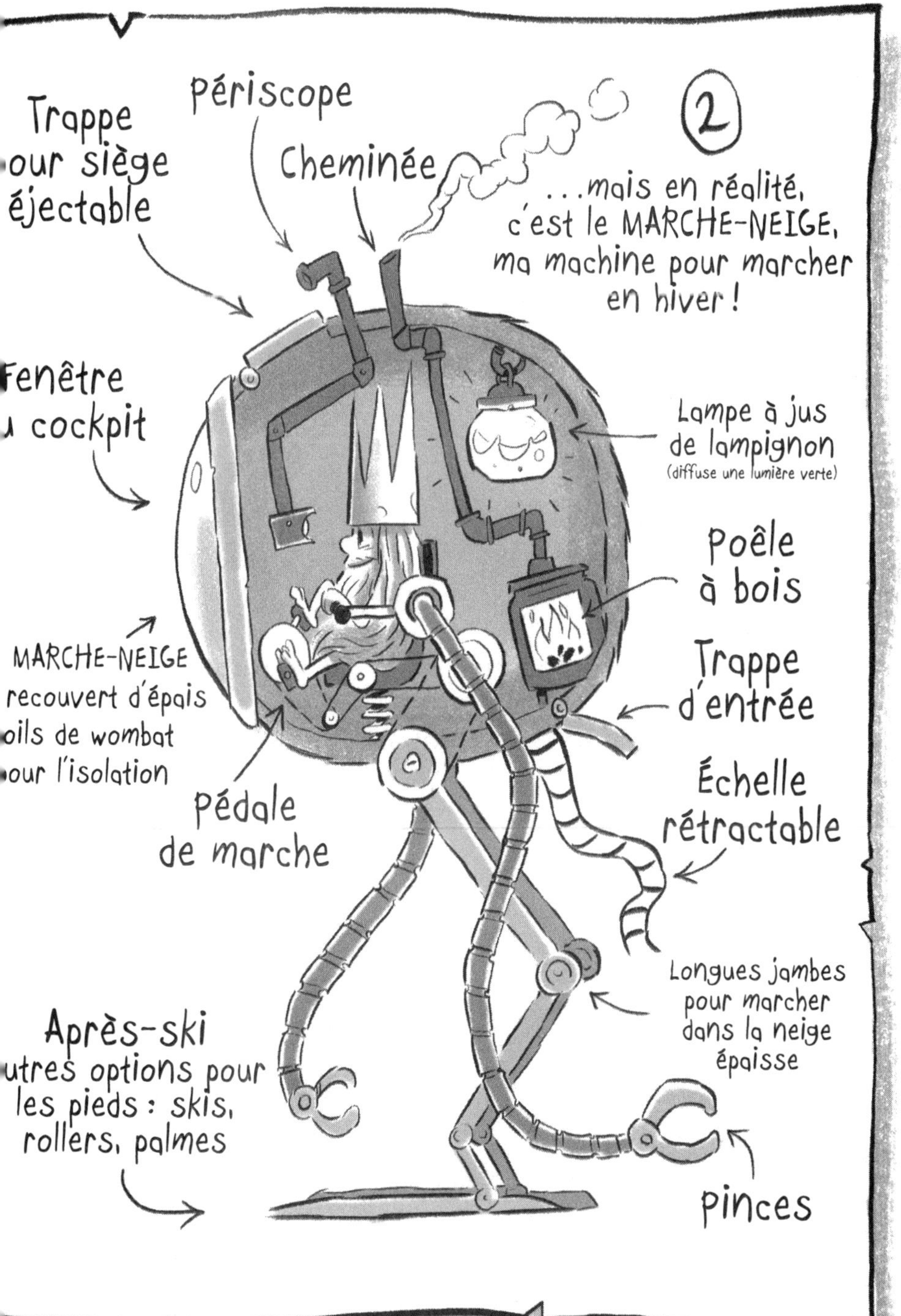

2
...mais en réalité, c'est le MARCHE-NEIGE, ma machine pour marcher en hiver !
Trappe
our siège éjectable
périscope
Cheminée
Fenêtre
u cockpit
Lampe à jus de lampignon
(diffuse une lumière verte)
Poêle à bois
MARCHE-NEIGE recouvert d'épais oils de wombat our l'isolation
Trappe d'entrée
Échelle rétractable
pédale de marche
Longues jambes pour marcher dans la neige épaisse
Après-ski
utres options pour les pieds : skis, rollers, palmes
pinces

Ben s'avança dans son fauteuil.

–Nous savions que les HEC mettraient les bois à sac en recherchant l'alien et l'OVNI ! Impossible de les arrêter, même en leur répétant à l'infini qu'il n'y avait pas d'extraterrestre !

–Le plan était simple, continua Koo en lançant une crêpe à Herb. Ils voulaient un extraterrestre, on leur en a donné un !

–Et aussi un OVNI ! ajouta Ben en s'esclaffant.

–Ah, c'est pour ça que tu avais besoin des gadgets farfelus de M. Covert, Koo ? gloussa Mme Covert.

–Yep ! Je les ai assemblés, peints avec du jus de lampignon et aspergés de jus flottant pour qu'ils décollent ! Ça a marché du tonnerre !

–Qu'est-ce que tu veux dire par... *gadgets farfelus* ? Je croyais que tu les *appréciais*. Tu m'as raconté qu'un professeur d'université les avait empruntés pour des recherches. Tu as dit qu'il les avait trouvés « inspirants ».

–Ah, oui. Désolée, mon chéri. Quand Koo me les a demandés, je *savais* que c'était pour une bonne raison !

"L'OVNI" à base de GADGETS
de M. COVERT

* LA CHAMPIGNONNIÈRE ⇨ DE PRINCE KOO

Koo fait pousser des champignons dans l'une de ses grottes.
Ils ont tous des pouvoirs spéciaux.
Koo tire le JUS FLOTTANT des CÈPES-VOLANTS
et le JUS LUISANT des LAMPIGNONS.

CÈPES VOLANTS : flottent quand ils arrivent à maturité.

LAMPIGNONS : brillent quand on les écrase.

M. Covert traîna les pieds.

–Bon, je *suppose* que c'est de bonne guerre. Eh ! en fait, c'est plutôt chouette de les avoir utilisés pour construire un OVNI, ajouta-t-il, l'air heureux.

–Donc, l' « alien » et l' « OVNI » étaient prêts à être découverts par les HEC, conclut Koo. Le plus compliqué était de s'assurer qu'une fois que les HEC auraient obtenu ce qu'ils voulaient, ils ne reviennent plus JAMAIS.

M. Covert sourit en se frottant les mains.

–J'ai l'impression que tu avais aussi prévu un plan pour ça !

Koo lui sourit.

–Pour commencer, j'ai déversé TOUT mon stock de jus de lampignon dans le Marais des Bulles Pestilentielles pour qu'il devienne phosphorescent. Ensuite, j'ai bricolé les scanners des HEC pour qu'ils s'affolent au moindre relent de boue du marais. Ils penseraient ainsi que le lieu était hautement contaminé avec une substance extraterrestre mortelle.

– Ils ont décrété que toute la zone serait interdite ! ricana Ben. Non seulement ils ne reviendront jamais, mais ils empêcheront aussi QUICONQUE de pénétrer dans les bois ! Enfin, quiconque ne connaît pas les passages secrets pour y entrer. C'est parfait !

M. Covert fronça les sourcils.

– Minute, Koo ! Tu sais comment bricoler des scanners d'une technologie extrêmement complexe ?

– Un jour, je vous raconterai l'été que j'ai passé à l'Académie Boffin de Kuala Lumpur, à construire des robots en compagnie du génie de l'électronique, le professeur Wally Filkistouch, déclara Koo avec un sourire.

–Mais ils doivent garder ces scanners sur une base secrète ou quelque chose comme ça ? objecta Mme Covert. Et c'est sûrement surveillé par des gardes. Il n'y a pas moyen d'entrer, n'est-ce pas ?

Koo lécha ses doigts beurrés et son visage s'éclaira.

–AH ! C'est ma partie préférée ! Je les ai obligés à nous faire entrer *eux-mêmes* ! Regardez !

Elle poussa le plateau de thé et leur expliqua tout avec une feuille et un crayon.

Nous savions que Chingue et les agents des HEC nous surveillaient, donc Ben les a conduits de l'école à la forêt grâce à ses empreintes phosphorescentes.
ÉCOLE
1
FORÊT
2
Puis le TRUC de l'Espace est apparu. MOI, dans mon MARCHE-NEIGE. Ha !
Attrapez-le !
!!!
Beuuurk !
LA SUITE

Je les ai laissés me capturer…
3
…et m'emmener avec Ben, tout droit dans leur BASE SECRÈTE. Sous le nez de tous les gardes !
FORÊT
4
HEC
Moi dans l'ALIEN
Ben dans le tracteur
GARDES

Puis, tandis que Ben prenait le PLUS de temps possible pour répondre aux questions...
5
Hmm...
Eh bien ?
GRRRR !
(environ un million de chocolats chauds)
... je suis sortie discrètement du TRUC de L'ESPACE...
6
Trappe
Cage

...pour fureter dans la base...
7
scanner room
...bricoler les scanners...
8
BAM !
BOUM !
TCHOUK !

...et retourner dans l'ALIEN juste à temps pour me faire libérer ! YOUPI !
9
Ensuite, le TRUC de l'Espace (moi) a conduit Chingue et les agents des HEC jusqu'au MARAIS DES BULLES PESTILENTIELLES...
10
TIP-TAP-TIP-TAP

... et jusqu'à l'OVNI !
Regardez !
MARAIS
11
Enfin, le TRUC de l'ESPACE est "tombé" dans le marais, il a sombré dans la GADOUE et a été PERDU À JAMAIS !
Ta-dam !
12
Eh bien, c'est terminé. Partons !
GLOU !
GLOU !
GLOU !
Commandante
marais

–Tu es un sacré génie ! la félicita M. Covert. Incroyable ! Tous les deux, vous avez encore réussi votrc coup !

–Pas mal, hein, papa ? dit Ben. Le Truc de l'Espace a disparu, les HEC ont leur OVNI et la substance verte « contaminée » protège la forêt.

–Ah, merveilleux ! applaudit Mme Covert.

–Il y a eu un moment un peu périlleux, quand Chingue a tenté de désintégrer Koo avant qu'elle ait pu sortir du MARCHE-NEIGE pour le faire couler. J'ai cru que tu allais te faire griller !

–Eh, Covert, mon vieux, c'est à ça que servent les sièges éjectables ! (Elle lui fit un clin d'œil.) « La sécurité d'abord ! »

–Ah, LA SÉCURITÉ D'ABORD ? TOI ? (Ben se fendit d'un large sourire.) Laisse-moi rire !

–Mais s'il n'y a jamais eu d'alien, qu'est-ce que Chingue a aperçu cette nuit-là ? demanda Mme Covert.

–C'était toi, Herb, n'est-ce pas ? dit Koo en se penchant pour lui gratouiller le ventre. Nous essayions ma COMBINAISON-DE-VOL-EN-ALTITUDE, expliqua-t-elle. Herb a trébuché et il est tombé dans la bassine de jus de cèpe-volant, le gros maladroit. Il est parti comme une fusée à travers le toit. Heureusement, il a fini par atterrir !

COMBINAISON DE VOL EN ALTITUDE DE HERB

–Ah ! Pas étonnant que Chingue ait pensé avoir repéré un OVNI ! gloussa M. Covert en faisant passer un autre plateau de crêpes tout juste grillées. Eh bien, quelle histoire ! Fantastique ! Au fait, Koo, ajouta-t-il avec une étincelle dans les yeux, je suppose que tu n'as pas de ce jus flottant dans ton sac, si ?

Chapitre Quatorze

La neige craquait sous les chaussures de Ben, tandis qu'il suivait Koo et Herb à travers bois.

Les arbres couverts de gel brillaient sous le soleil matinal.

– Est-ce que ton père est bien redescendu ? demanda Koo en sautant par-dessus une branche morte.

Ben rigola.

–Ah, oui ! Il a fini par redescendre. Je ne sais pas ce qui lui est passé par la tête quand il a aspergé ses chaussons de ton jus flottant.

Koo éclata de rire.

–Ouais, c'est du costaud, celui-ci !

–Il est resté collé au plafond du salon pendant une heure et demie ! raconta Ben. On a dû lui lancer un friand et des pommes pour le déjeuner, mais finalement, les effets du jus se sont dissipés et on a réussi à le faire descendre à l'aide d'un balai.

Quelques jours avaient passé depuis la nuit de l'ALIEN, et la vie revenait peu à peu à la normale. *Enfin, aussi normale que puisse être la vie avec Koo,* se disait Ben en la regardant gaiement.

Il lança une boule de neige pour que Herb coure après.

– Oh, est-ce que tu as des nouvelles de l'infirmière Chingue ? Toujours aussi maboule, je suppose ? demanda Koo.

– Pas tant que ça, en fait, répondit Ben. Apparemment, depuis qu'elle a été placée dans une cellule de quarantaine par les HEC, elle est plus heureuse que jamais. Elle a décrété que c'était l'endroit le plus sûr pour elle. Aucun MICROBE ni aucun MIASME ne pourront l'atteindre là où elle est !

– Ah, je suis contente pour cette vieille foldingue !

Koo sourit et lança :

– Ça y est, nous y sommes.

Le Marais des Bulles Pestilentielles fumait et relâchait des bouffées de gaz vert olive dans l'air vif de l'hiver.

– Ça a l'air cool, commenta Ben en se pinçant le nez. Mais ça pue toujours autant qu'un casier rempli de vieilles chaussettes pourries !

– Plus comme le bus retour d'une réunion du club des Mangeurs de choux ! grimaça Koo.

Ben regarda le profond marais.

– C'est dommage pour ton Marche-Neige, constata-t-il. Il avait l'air génial, et je n'ai pas eu le temps de faire un tour avec.

– Oh, ne t'inquiète pas, dit Koo.

Elle farfouilla dans sa barbe et en sortit un cadran solaire de poche. Elle le fit tourner dans le creux de sa main.

– Voyons voir. Cela fait... hum... trois jours, quatre heures et... vingt-sept minutes, donc... Elle sortit un petit parapluie et l'ouvrit d'un clic. Dans cinq secondes... quatre... trois... deux...

PLOUCH!
... un!

Ben bondit pour se mettre à l'abri sous le parapluie de Koo au moment où un ÉNORME jet de boue du marais, d'écume et de vapeur jaillissait dans les airs. La boue retomba en crépitant autour d'eux, puis quelque chose de très gros émergea avec un SPLASH humide.

SPLASH !

Koo lui fit un clin d'œil.

– Aussi ponctuel qu'une pendule, ce geyser ! Maintenant, Covert, viens m'aider à le rincer et je t'emmènerai faire un tour.

Il ne leur fallut pas longtemps pour nettoyer le Marche-Neige, et aussitôt après, Koo installa Ben dans le cockpit.

C'était un peu dur d'y caser deux enfants et un wombat grassouillet, mais ils finirent par y arriver. Ils commencèrent leur balade dans la forêt enneigée. Koo était aux commandes, tandis que Ben et Herb regardaient à travers le gros hublot rond en souriant comme deux idiots, excités par l'aventure.

Alors que le Marche-Neige se frayait un chemin dans la neige épaisse, Ben riait sous cape.

– Je dois dire que ton plan était encore une fois très ingénieux. Utiliser les gadgets de papa pour fabriquer un faux OVNI, c'était un coup de génie !

– Merci, Covert, répondit Koo. Mais je n'allais quand même pas les laisser capturer mon OVNI, pas vrai ?

Ben resta bouche bée.

– Hein ?

– Mon OVNI, répéta Koo. Celui qui est dans la grotte.

– Hein, quoi ?

–Tu vois là-bas ? dit Koo.

Ils se trouvaient sur une corniche dans une grotte sombre et, sous eux, au bord d'une calme étendue d'eau, était posé l'OVNI. Le *véritable* OVNI ! Son élégante soucoupe argentée scintillait dans la faible lumière de la lanterne à lucioles de Koo.

–Ça fait des années qu'il est là.

–Quoi ? Et tu n'as jamais pensé à m'en parler ? bredouilla Ben.

–Tu ne vas pas en faire tout un fromage, Covert!

Koo rigola, descendit jusqu'au vaisseau et grimpa à bord. Elle tapota le siège à côté d'elle, et Ben monta à son tour.

–Est-ce qu'il fonctionne ? demanda-t-il en fixant l'unique bouton du tableau de bord.

–Chais pas, avoua Koo en fermant l'écoutille. On va bien voir !

–Vraiment ?

–Ouais !

Ben sourit,

et appuya sur le bouton.

REMERCIEMENTS

Je tiens à remercier toute l'équipe des éditions David Fickling pour son indéfectible enthousiasme lors de la conception de ce livre. Merci Rosie, ma fantastique éditrice, pour tes conseils et tes encouragements toujours optimistes, et merci Alison, mon incroyable designer, qui m'a aidé à composer ce livre si merveilleusement.

Je souhaite aussi remercier : Tamlyn et Caroline de l'Agence Arena pour leur amitié sans faille et pour tout le travail qu'elles ont accompli pour moi,

Ma merveilleuse famille et mes formidables amis pour leur soutien, et particulièrement ma femme, Zoë, et ma fille, Mary, pour leur amour et leur patience.

Conception graphique : Delphine Guéchot
Impression : Black Print en janvier 2021
Éditions Albin Michel Jeunesse
22, rue Huyghens
75014 Paris
ISBN : 978-2-226-40328-5
N° d'édition : 22933/01
Dépôt légal : février 2021
Loi n° 49-956 du 16 juillet 1949 sur les publications destinées à la jeunesse.
Imprimé en Espagne.